U0952242

民国世界文学经典译著·文献版（第八辑：德国俄国及挪威等国戏剧）

下层

四幕剧

［俄］高尔基 著

芳信 译

上海三联书店

图书在版编目(CIP)数据

下层 /［俄］高尔基著；芳信译 .
—上海：上海三联书店，2018.4
ISBN 978-7-5426-6142-5

Ⅰ . ①下… Ⅱ . ①高…②芳… Ⅲ . ①剧本—苏联
Ⅳ . ① I512.34

中国版本图书馆 CIP 数据核字（2017）第 296770 号

下　层

著　　者 /［俄］高尔基
译　　者 / 芳　信

责任编辑 / 陈启甸
封面设计 / 清　风
责任校对 / 江　岩
策　　划 / 嘎　拉
执　　行 / 取映文化
监　　制 / 姚　军

出版发行 / 上海三联书店
（201199）中国上海市闵行区都市路 4855 号 2 座 10 楼
电　　话 / 021-22895557
印　　刷 / 常熟市人民印刷有限公司

版　　次 / 2018 年 4 月第 1 版
印　　次 / 2018 年 4 月第 1 次印刷
开　　本 / 650×900　1/16
字　　数 / 160 千字
印　　张 / 9.5
书　　号 / ISBN 978-7-5426-6142-5 / I・1344
定　　价 / 68.00 元

敬启读者，如发现本书有印装质量问题，请与印刷厂联系 0512-52601369

出版人的话

中国现代书面语言的表述方法和体裁样式的形成，是与20世纪上半叶兴起的大量翻译外国作品的影响分不开的。那个时期对于外国作品的翻译，逐渐朝着更为白话的方面发展，使语言的通俗性、叙述的完整性、描写的生动性、刻画的可感性以及句子的逻辑性……都逐渐摆脱了文言文不可避免的局限，影响着文学或其他著述朝着翻译的语言样式发展。这种日趋成熟的翻译语言，推动了白话文运动的兴起，同时也助推了中国现代文学创作的生成。

中国几千年来的文学一直是以文言文为主体的。传统的文言文用词简练、韵律有致,清末民初还盛行桐城派的义法,讲究“神、理、气、味、格、律、声、色”。但这也在一定程度上限制了情感、叙事和论述的表达,特别是面对西式的多有铺陈性的语境。在西方著作大量涌入的民国初期，文言文开始显得力不从心。取而代之的是在新文化运动中兴起的用白话文的句式、文法、词汇等构建的翻译作品。这样的翻译推动了“白话文革命”。白话文的语句应用，正是通过直接借用西方的语言表述方式的翻译和著述，逐渐演进为现代汉语的语法和形式逻辑。

著译不分家，著译合一。这是当时的独特现象。这套丛书所选的译著，其译者大多是翻译与创作合一的文章大家，是中国现代书面语言表述和中国现代文学创作的实践者。如林纾、耿济之、伍光建、戴望舒、曾朴、芳信、李劼人、李葆贞、郑振铎、洪灵菲、洪深、李兰、钟宪民、鲁迅、刘半农、朱生豪、王维克、傅雷等。还有一些重要的翻译与创作合一的大家，因丛书选入的译著不涉及未提。

梳理并出版这样一套丛书，是在还原中国现代文学史上的重要文献。迄今为止，国人对于世界文学经典的认同，大体没有超出那时的翻译范围。

当今的翻译可以更加成熟地运用现代汉语的句式、语法及逻辑接轨于外文，有能力超越那时的水准。但也有不及那时译者对中国传统语言精当运用的情形，使译述的语句相对冗长。当今的翻译大多是在著译明确分工的情形下进行，译者就更需要从著译合一的大家那里汲取借鉴。遗憾的是当初的译本已难寻觅，后来重编的版本也难免在经历社会变迁中或多或少失去原本意蕴。特别是那些把原译作为参照力求摆脱原译文字的重译，难免会用同义或相近词句改变当初更恰当的语义。当然，先入为主的翻译可能会让后译者不易企及。原始地再现初时的翻译本貌，也是为当今的翻译提供值得借鉴的蓝本。

搜寻查找并编辑出版这样一套丛书并非易事。

首先确定这些译本在中国是否首译。

其次是这些首译曾经的影响。丛书拾回了许多因种种原因被后来丢弃的不曾重版的当时译著，今天的许多读者不知道有所发生，但在当时确是产生过一定的影响。

再次是翻译的文学体裁尽可能齐全，包括小说、戏剧、传记、诗歌等，展现那时面对世界文学的海纳百川。特别是当时出现了对外国戏剧的大量翻译，这是与在新文化运动影响下兴起的模仿西方戏剧样式的新剧热潮分不开的。

困难的是，大多原译著，因当时的战乱或条件所限，完好保存下来极难，多有缺页残页或字迹模糊难辨的情况，能以现在这样的面貌呈现，在技术上、编辑校勘上作了十足的努力，达到了完整并清楚阅读的效果，很不容易。

“民国世界文学经典译著·文献版”首编为九辑：一至六辑为长篇小说，61种73卷本；七辑为中短篇小说，11种（集）；八、九辑为戏剧，27种32卷本。总计99种116卷本。其中有些译著当时出版为多卷本，根据容量合订为一卷本。

总之，编辑出版这样一套规模不小的丛书，把世界文学经典译著发生的初始版本再为呈现，对于研究界、翻译界以及感兴趣的读者无疑是件好事，对于文化的积累更是具有延续传承的重要意义。

2018年3月1日

［俄］高爾基 著 芳信 譯

下層

中華民國三十三年二月出版

下層

人物

米哈伊爾・伊凡諾夫・柯斯狄略夫　一家小旅館的老闆，五十四歲。

瓦西里莎・卡爾鮑芙娜　他的妻子，二十六歲。

拉達霞　她的妹妹，二十歲。

梅得魏多夫　她們的叔叔，一個警察，五十歲。

瓦西里・伯伯爾　一個小偷，二十八歲。

安得烈夫・克勒斯奇　一個鎖匠，四十歲。

安娜　他的妻子，三十歲。

娜斯佳　一個娼妓，二十四歲。

克瓦西尼亞　一個賣饅頭的女人，將近四十歲。

卜布諾夫　一個帽匠，四十五歲。

康斯丹丁，沙汀　一個偷牌的人，近四十歲。

戲子　近四十歲。

男爵　三十三歲。

路迦　一個流浪人，六十歲。

阿略西卡　一個鞋匠，二十歲。

克利瓦依·佐巴
韃靼人
　　　　　} 脚夫。

幾個沒有名字的流浪人，不說話的角色。

第一幕

一間像洞穴似的地下室。天花板是由拱形的，笨重的，燻黑的石頭做成的，粉刷已經一半斑剝了。光線從靠近觀衆席的右邊上面的角窗射進。右邊的基角由一層薄板隔開；這是伯爾的房間。靠近這個房間的門是卜布諾夫的牀舖。左邊的基角裏有一隻俄羅斯的大火坑。左邊的石牆上，有一道門通到廚房，克瓦西尼亞，男爵，和娜斯佳住在那兒。在靠牆的火坑和門之間，有一張闊牀，掛着一張骯髒的印花布的幔子。幾堵牆邊接連排着幾隻牀舖。在靠近左牆的前方，有一段上面裝着絞盤和小鐵砧的木頭，還有一段比較更低的木頭。克勒斯奇坐在鐵砧前面的較低的木頭上，正在配舊鎖上的鑰匙。在他的脚邊，有兩大紮用鐵絲穿着的各種大小不同的鑰匙，一隻用壞了的錫茶炊，一隻鎚子和幾隻銼子。屋子的中央擺着一張大桌子，兩條板凳和一隻方凳：這些東西全是沒有油漆過的，髒的。克瓦西尼亞站在桌子傍邊，料理着茶炊。男爵啃着黑麵包；娜斯佳坐在凳子上，她的兩隻手肘放在桌上，正讀着一本破書。安娜躺在用幔子罩住的牀上；她不停地咳嗽。卜布諾夫，坐在自己的牀上，望着夾在他的兩腿中的一隻帽胚子和一條拆開的褲子，計算着怎樣剪裁它們。他傍邊有一隻撕破的帽盒（爲了做帽簷用的），幾塊油布，和破布。沙汀剛才醒，躺在自己的牀上——嘰哩咕嚕着。在火坑上，觀衆看不見的戲子正在翻身，咳嗽。

這幕戲發生在初春的早晨。

男爵　說下去！

克瓦西尼亞　我說，「不，朋友，你別再提起這件事情吧。我早就試過了，現在，就是拿一百隻紅燒的龍蝦來，我也決不會再嫁啦！」

卜布諾夫　（對沙汀）你在咕嚕些什麼呀？

（沙汀咕嚕着。）

克瓦西尼亞　我說，「我是一個自由慣了的女人，什麼都得自己作主，叫我跟別人入籍；叫我賣給一個男子做奴隸——那可萬萬辦不到！就是他是一個美國的皇太子，我也不想嫁給他。」

克勒斯奇　吹牛皮！

克瓦西尼亞　什——麼呀？

克勒斯奇　吹牛皮。你正要嫁給老梅得魏多夫。

男爵　（從娜斯佳手裏把書奪去，唸出書名。）薄命緣！（他失聲地笑）

娜斯佳　（伸出她的手）給我！把它還給我！別開玩笑吧！

（男爵望住她並且高高地揮動那本書。）

克瓦西尼亞　（對克勒斯奇）你這隻紅毛山羊！你說我吹牛嗎？你怎麼敢對我說這樣無理的話？

男爵　（用書打娜斯佳的頭）娜斯佳，你眞是一個傻瓜！

娜斯佳　（搶着書）給我吧！

克勒斯奇　好一位漂亮的太太！……可是你還是想嫁給梅得魏多夫——你不過等着這回事兒罷了。

克瓦西尼亞　當然！是的！不錯！我對你說吧：你把你的老婆差不多打得半死。

克勒斯奇　放屁，你這狗蛋！不關你的事情。

克瓦西尼亞　哈！哈！說老實話，你就受不住！

男爵　他們又來了！娜斯佳，你在那兒呀？

娜斯佳　（沒有擡起頭來）嗳？討厭！

安娜　（從幔子後面伸出頭來）天已經大亮了！看老天爺的面……不要嚷……不要吵嘴！

克勒斯奇　她又來訴苦啦！

安娜　每天這樣！至少讓我死得安靜點兒。

卜布諾夫　吵對於死又不礙事的。

克瓦西尼亞　（走近安娜）好朋友，你怎麼會跟這樣一個壞蛋在一塊兒過活？

安娜　不用管我！讓我安靜一下！

克瓦西尼亞　哎唷，你眞是一個有耐性的人！你胸口覺得舒服一點兒嗎？

男爵　克瓦西尼亞，正是上小菜場去的時候啦！

克瓦西尼亞　咱們就走！（對安娜）要我給你幾個熱饅頭嗎？

安娜　不用，謝謝你。幹嗎我要吃呢？

克瓦西尼亞　你得吃一點兒。熱東西可以減輕病痛。我給你留幾個在碗裏……你想到吃的時候，你就吃好了。（對男爵）老爺，走吧。（對克勒斯奇）咄，你這個壞蛋！（走到廚房裏去）

安娜　（咳嗽）天呀！

男爵　（輕輕地在娜斯佳的腦袋後面拍了一下）不要讀了吧，你這個傻瓜！

娜斯佳　（喃喃地）滾開！我又沒有礙你的事。

（男爵，吹着口哨，跟着克瓦西尼亞出去。）

沙汀　（從他的牀上坐起）昨兒是誰打我的？

卜布諾夫　誰打你不都是一個樣兒嗎？

沙汀　就算是吧……可是他們幹嗎要打我呢？

卜布諾夫　你打牌來着？

沙汀　對啦。

卜布諾夫　所以他們打你。

沙汀　那班混——混蛋！

戲子　（從火坑上垂下他的頭來）總有一天他們會把你打死。

沙汀　你是一個飯桶。

戲子　幹嗎是一個飯桶？

沙汀　因爲你兩天也打不死一個人。

戲子　（停了一回）爲什麼打不死，我可不懂。

克勒斯奇　從火坑上下來收拾屋子吧……擺什麼架子呢？

戲子　不關你的事情。

克勒斯奇　瓦西里莎就要回來了：她會給你瞧，這倒底關誰的事情。

戲子　滾瓦西里莎的蛋！今兒輪到男爵打掃……男爵！

男爵　（從廚房裏進來）我沒有功夫打掃；我要跟克瓦西尼亞上小菜場去。

戲子　這跟我不相干——你想坐牢去，也隨你的便……可是地總是輪到你掃的；別人的事情我才不幹呢。

男爵　唉，煩死了！娜斯佳會掃……喂，你這朵「薄命花」！快點兒醒醒吧！（從娜斯佳的手裏把書奪去）

娜斯佳　（站起）你做什麼？拿來吧！你這個搗蛋鬼！你還說你自己是一個老爺呢。

男爵　（還書給她）娜斯佳，請你替我掃一掃。好不好？

娜斯佳　（走到廚房裏去）我才不幹！

克瓦西尼亞　（在廚房門口，對男爵。）你走得啦！你不在這兒，他們也會掃的……喂，戲子，如果人家叫你掃的話，你就去掃一掃得啦！老實說，這又不會累壞的！

戲子　哼，老是我，我眞不懂。

男爵　（從廚房裏用一根扁擔挑兩隻籃出來。籃裏邊有用破布蓋住的大壺。）今兒幹嗎這麼重呀。

沙汀　只怪你是一個天生男爵的緣故。

克瓦西尼亞　（對戲子）留神點兒；掃吧！（她讓男爵走前，到大門外去。）

戲子　（從火坑上爬下來）呼吸灰塵對我是有害的。（驕傲地）我的身體中了酒毒。（他在一張牀上坐下，沉思起來。）

沙汀　「身體！」——生理！

安娜　克勒斯奇！

克勒斯奇　什麼事？

安娜　那邊兒，克瓦西尼亞留了幾個饅頭給我，你拿去吃吧。

克勒斯奇　（走近她）你不吃嗎？

安娜　我不想吃……我吃了有什麼用？你是一個工人；你得吃。

克勒斯奇　你害怕嗎？放心好啦！你還可以……

安娜　去吃吧！我怪不舒服。恐怕不久……

克勒斯奇　（離開她）別擔心！……也許你的病會好……這樣的事情多着呢。（走到廚房裏去）

戲子　（大聲地說，好像他忽然醒了似地。）昨天在醫院裏邊，那個大夫對我這麼說：「你的身體完全中了酒毒。」

沙汀　（微笑着）生理。

戲子　（執持地）不是「生理」，是身——體。

沙汀　鬼話……

戲子　（對他搖手）呃，別瞎扯！我是說，我是說正經話。要是我的身體中了毒的話，那麼當然，掃地呀，呼吸灰塵呀，對我是有害的。

沙汀　長生不老術……嗨！

卜布諾夫　你咕嚕些什麼呀？

沙汀　詞兒……此外還有別的詞兒：超自然論。

卜布諾夫　這是什麼意思？

沙汀　我不知道……我忘了。

卜布諾夫　那麼幹嗎你要這樣說呢？

沙汀　鬧着玩兒罷了……老兄，所有人類的詞兒，我都討厭；所有咱們用的詞兒，我都討厭！每個詞兒我都聽見過。——呃，至少聽見過一千次。

戲子　在哈孟雷特這齣悲劇裏邊，有這麼一句話，「詞兒，詞兒，詞兒。」那眞是一齣名劇……我在這齣戲裏邊演挖墳的人。

克勒斯奇　（從廚房進來）現在你得拿起條帚做起戲來吧？

戲子　不關你的事。（用手鎚他自己的胸）「奧菲麗亞，哦，在你的祈禱裏記住我啊！」

（台裏，在遠處的什麼地方，發出低沉的吼聲：鬧聲和警察的叫鞭聲。克勒斯奇坐下來用他的銼子工作。）

沙汀　我喜歡那些聽不懂的怪詞兒……小時候……我在電報局裏做事……我看過很多書。

卜布諾夫　你眞的做過電報生嗎？

沙汀　對啦……那時候有許多很好的書……還有許多怪有趣的詞兒……我是一個受過教育的人……你知道嗎？

卜布諾夫　我聽你說——一百次都有啦！就是你受過了教育，又怎麼樣！有什麼了不起！……我從前是一個皮貨商——我自己開過舖子……我兩隻手全給染料弄成黃色兒的了；我老染皮。對啦，老兒，我的手，到胳膊爲止，全是黃色兒的！我老覺得這一輩子也洗不掉它，就是到死的時候，這雙手都是黃色兒的……現在這雙手只是骯髒——眞的！

沙汀　那麽，怎麽樣？

卜布諾夫　沒有什麽。

沙汀　幹嗎你要把這樣的話對咱們說？

卜布諾夫　不過——打一個比方罷了……你瞧：你的皮膚儘管沾到很深的顏色，可是一擦就擦掉了……對啦，一擦就擦掉了！

沙汀　哦，我的骨頭痛！

戲子　（坐着用手抱着他的雙膝）教育是不相干的；最要緊的是天才。我知道有一個戲子——他唸台詞雖然很費勁兒，可是他主演的戲，簡直好透了，觀衆的采聲，甚至把整個園子也弄得震動起來。

沙汀　卜布諾夫，給我五毛錢。

卜布諾夫　我自己只有兩毛。

戲子　我說，一個做主角的非有天才不可。可是天才在乎自信，在乎自己的力量。

沙汀　給我五毛錢，那麽我就相信你是一個天才，一個主角，一條鱷魚，一個巡官……克勒斯奇，給我五毛錢吧！

克勒斯奇　滾你媽的蛋！這兒像你這樣的人太多啦。

沙汀　幹嗎你要駡人？你自己就連一個子兒也沒有；我全知道。

安娜　克勒斯奇！……我悶得很；我難受極了……

克勒斯奇　我有什麼辦法呢？

卜布諾夫　你把出口的門打開。

克勒斯奇　不巧得很！你坐在舖上，我坐在地下：你跟我調一調地方，然後把門打開。要不然，我會傷風。

卜布諾夫　（泰然地）又不是我要開門……你老婆叫你開的。

克勒斯奇　（陰鬱地）叫人家做事情誰都會。

沙汀　我腦袋痛得要裂開來啦……嗚噢！幹嗎大家彼此要打腦袋？

卜布諾夫　他們不但打腦袋，只要碰到身上那兒，他們隨手就打。（起身）我要去買點兒線……今兒怎麼咱們老闆跟老娘闆還沒有露臉……好像他們蹺辮子啦。（出去）

（安娜咳嗽。沙汀把他的頭枕在貼着的手上，不動地躺着。）

戲子　（陰鬱地向週圍望了一望，走近安娜。）怎麼樣？難過嗎？

安娜　悶死啦。

戲子　要我帶你到大門口去嗎？呃，起來。（扶她起來，把一件破衣服之類的東西披在她的肩上，扶她走到大門口。）喂，喂！……站穩！我自己也是一個病人——中了酒毒。

柯斯狄略夫　（在門口碰見他們）出去蹓躂嗎？哦，你們眞是怪漂亮的一對兒，一隻公羊跟一隻小母羊！

戲子　讓開！……難道你沒有瞧見兩個病人要過去嗎？

柯斯狄略夫　你們要過去，過去好啦。（鼻子哼着一種讚美詩的調子，他猜疑地望望這所屋子，把他的頭偏向左邊，好像傾聽伯伯爾的房裏有什麼動靜似的。克勒斯奇狂暴地把他的鑰匙弄得戛戛地響，並且用銼子亂銼，偷偷地用眼光望住老闆。）你在剉着嗎？

克勒斯奇　什麼？

柯斯狄略夫　我說你在銼着嗎？（稍停）噢……呃……我要問你的是什麼話呢？（趕快低聲地）我女人到這兒來了沒有？

克勒斯奇　我沒有看見她。

柯斯狄略夫　（小心地向伯伯爾的房間走去，回頭對克勒斯奇）一個月只化兩塊錢，你佔我一塊多大的地方！一個牀舖的位置……還有你坐的地方……想想看！這塊地方值五塊錢，天知道！我要加你半塊錢。

克勒斯奇　你還是加一根麻繩到我頸子上，把我勒死吧……你快蹺辮子啦，可是還老惦着半塊錢。

柯斯狄略夫　幹嗎我要勒死你？這對誰有什麽好處？上帝保佑你：快快活活過日子！我可要加你半塊錢；我好買點兒燈油供供神靈……神靈收到我的香火，就會替我贖罪，也會替你贖罪。你瞧，你從來就不想到你自己的罪惡——這是不成的……啊，克勒斯奇，我的朋友，你是一個罪人！因爲你犯了罪，所以你老婆害肺病快要死啦……沒有人中意你，也沒人尊敬你……你做起活來老是嘶呀嘶的，誰都不高興聽。

克勒斯奇　（叫起）你要我怎麽樣？你是來跟我吵架的嗎？

（沙汀大聲地呻吟。）

柯斯狄略夫　（戰慄地）喂，好朋友，難道你吃驚了嗎！

戲子　（進來）我把那個女人擺在大門口，還給她蓋得暖暖的了。

柯斯狄略夫　哦，你眞是一個親切的人！很好……這樣的事情都會給你上眼的。

戲子　什麼時候上呢？

柯斯狄略夫　下一世，我的朋友，到了下一世，咱們在這一世所做的事情，不管什麼事情，都是有報應的。

戲子　爲了我的親切，還是今生給我一個好報吧……

柯斯狄略夫　那怎麼辦呢？

戲子　把我的欠款減掉一半得啦……

柯斯狄略夫　嘻嘻！你老是開玩笑，小夥子，你老是尋開心……親切是可以用金錢來比的嗎？親切比世界上什麼東西還寶貴。至於你欠我的錢——呃，還是欠一筆錢！怎麼也得還我……我雖然是這樣一個老頭兒，你可得親切待我。

戲子　老頭兒，你是一個老滑頭……（走到廚房裏去）

（克勒斯奇起身走到大門口去。）

柯斯狄略夫　（對沙汀）那個嘶呀嘶的鎖匠怎麼着？他逃啦，嘻嘻！他不喜歡我。

沙汀　除了鬼以外——誰喜歡你！

柯斯狄略夫　（呵呵笑着）怎麼你罵起來啦！可是我喜歡你們大家……我知道：你們都是不幸的人，又下賤又墮落。（突然很快地）可是——伯伯爾在家嗎？

沙汀　自己瞧去。

柯斯狄略夫　（走去敲門）伯伯爾！

（戲子在廚房門口出現。他正嚼着什麼東西。）

伯伯爾　誰？

柯斯狄略夫　是我……我，伯伯爾。

伯伯爾　什麼事？

柯斯狄略夫　（稍退）開門。

沙汀　（沒有看柯斯狄略夫）他會開門，可是那個女人在那兒。

（戲子發出哼聲來。）

柯斯狄略夫　（不安地，低聲說。）嗄？誰在那兒？你怎麼說？

沙汀　什麼？你是對我說話嗎？

柯斯狄略夫　你剛才說什麼？

沙汀　我不過自言自語罷了。

柯斯狄略夫　當心，朋友！你的玩笑可別開得太過啦！（大力地敲門）伯伯爾！

伯伯爾　（開門）喂，你鬧什麼呀？

柯斯狄略夫　（向房裏張望）我……你瞧……你……

伯伯爾　你把錢帶來了沒有？

柯斯狄略夫　我有事情跟你商量。

伯伯爾　你把錢帶來了沒有？

柯斯狄略夫　什麼錢？等一等。

伯伯爾　買錶的錢，七塊。有嗎？

柯斯狄略夫　什麼錶，伯伯爾？……哦，你……

伯伯爾　喂，你小心點兒！昨兒，有人在場，我把一個錶賣你十塊錢：我收到你三塊，你還得給我七塊。你幹嗎瞧着我？你在這兒繞圈兒，吵得人要死——你自個兒就不知道你在幹什麼！

柯斯狄略夫　噓！伯伯爾，別發脾氣……那個錶……到底那個錶是——

沙汀　偷來的。

柯斯狄略夫　（莊嚴地）我不收買賊偷貨……你怎麼敢——？

伯伯爾　（抓住他的肩膀）喂！幹嗎你來打擾我？你要什麼？

柯斯狄略夫　哦！……我不……不要什麼……要是你不開心，那我走開就是了。

伯伯爾　去把錢拿來！

柯斯狄略夫　（出去）一夥多麼粗暴的人！哦！哦！

戲子　這齣滑稽戲眞有噱頭！

沙汀　有噱頭！這幕戲我喜歡。

伯伯爾　他來這兒幹什麼？

沙汀　（笑）你不知道嗎？他來找他的女人……伯伯爾，幹嗎你不做了他？

伯伯爾　我會爲了這樣的傻瓜斷送我的一輩子！

沙汀　幹得乾淨點兒。然後就跟瓦西里莎結婚——那麼你就是咱們的老闆啦。

伯伯爾　別說廢話啦！那麼你們這班傢伙不單是要把我店裏的本錢喝光，而且連我的人也要喝掉。（在牀上坐下）這老鬼……吵醒我……我正在做一個好夢。我做夢釣魚，我釣着了一條很大的黃鱒！這樣一條黃鱒——不做夢的時候你是看不見的！……我在鈎上跟它鬧着玩兒，可是我又怕我的釣絲會斷！於是我拿了魚網……我心裏想，現在，馬上就——

沙汀　那不是一條黃鱒；那是瓦西里莎。

戲子　他早就鈎上了瓦西里莎。

伯伯爾　（掛火地）你們這班傢伙滾吧——瓦西里莎也滾！

克勒斯奇　（從大門口進來）外面冷極啦。

戲子　幹嗎你不把安娜帶進來？她會凍壞的。

克勒斯奇　拉達霞把她帶到廚房裏去了。

戲子　老頭兒會把她攆出來。

克勒斯奇　（坐下做工作）唔，拉達霞會把她帶到這兒來。

沙汀　伯伯爾，給我五毛錢。

戲子　（對沙丁）你說五毛嗎：呸！——伯伯爾，給我們八毛吧！

伯伯爾　我要不趕緊給——回頭你可要一塊啦。……囉！

沙汀　要得！世界上沒有人比小偷兒更好的了。

克勒斯奇　（陰鬱地）他們找錢容易……他們不用做活。

沙汀　許多人找錢容易，可是很少人容易把錢放手……做活嗎？使我對做活發生興趣，那麼也許我會做活。……對啦，我會！也許！勞働是一種愉快的話，人生才是美滿的！勞働是一種義務的話，人生就是奴隸！（對戲子）喂，酒王，走吧！

戲子　走吧，賭鬼！我要喝得——像四萬酒醉鬼那樣爛醉！（他們出去）

伯伯爾　（打呵欠）喂，你的女人怎麼樣？

克勒斯奇　怕不久啦……

（沉默。）

伯伯爾　我看你拿着銼子嘶呀嘶地銼，就沒有一個屁用。

克勒斯奇　此外我有什麼辦法呢？

伯伯爾　沒有什麼。

克勒斯奇　那我怎麼活？

伯伯爾　人都是要活下去的。

克勒斯奇　這裏的人？他們算得是人嗎？無賴，癟三——並不是人。我是一個工人……我就沒有臉見他們……我從小做工一直做到現在……你以為我決不會離開這兒？我會打這兒爬出去……就是剝我的皮，我還是要爬出去……你瞧着吧！我的女人快死啦。……我在這兒只住了六個月，可是好像六年似的。

伯伯爾　這兒的人並不比你更壞……你瞎說。

克勒斯奇　並不更壞！他們過着沒有體面，沒有良心的日子。

伯伯爾　（不在乎地）體面跟良心有什麼用？如果你沒有靴子穿，你又不能夠把體面或是良心去代替……那些有權有勢的人才需要體面跟良心哪。

卜布諾夫　（進來）嗚嗚嗚嗚！我冷死啦！

伯伯爾　卜布諾夫，你有良心嗎？

卜布諾夫　什麼？良心？

伯伯爾　對啦。

卜布諾夫　良心有什麼用？我沒有錢。

伯伯爾　我也這麼說：有錢的人才用得着體面跟良心。真的！可是克勒斯奇罵咱們：他說咱們沒有良心。

卜布諾夫　他怎麼啦？他要借一點兒去嗎？

伯伯爾　他自己多着呢

卜布諾夫　那麼你要把它出賣嗎？可是，這兒沒有人會買它。我預備買幾口破紙箱子——可是我沒有現錢。

伯伯爾　（教訓地）克勒斯奇，你是一個傻瓜！良心是什麼，你最好聽一聽沙汀說——要不然，聽男爵說也成。

克勒斯奇　跟他們談話沒有意思。

伯伯爾　雖然他們都是酒鬼，可是他們比你聰明得多……

卜布諾夫　誰喝酒誰就聰明，因爲這兩樣東西是搭擋的。

伯伯爾　沙汀說：每個人只望別人都有良心，但是沒有哪些人自己有良心……這個話對。

（拉達霞登場。路迦跟住她：他背上背着一個包袱，腰上系着一條繩子和一把茶壺，還攜着一根手杖。）

路迦　諸位體面的朋友，你們好呀！

伯伯爾　（摸他的髫髭）啊呀，拉達霞！

卜布諾夫　（對路迦）前年春天，我是很體面的。

拉達霞　這位是新來的客人。

路迦　在我是一個樣兒！就是壞蛋我也喜歡；我的意思是，每隻跳蚤都是好的：它們通通是黑色兒的，而且通通會跳……這是實在的……小寶貝，我住在什麼地方？

拉達霞　（指着廚房的門）老公公，到那邊去吧。

路迦　謝謝你，小姑娘！好，我到那邊去……那兒是溫暖的地方，那兒就是老頭兒的老家。

（走到廚房裏去）

伯伯爾　拉達霞，你帶來的老頭兒是怪有趣的！

拉達霞　比你們這些人有趣得多……（對克勒斯奇）克勒斯奇，你老婆在我們廚房裏，躭一回兒你去接她吧，好不好？

克勒斯奇　好的……我去就是了。

拉達霞　我覺得現在你應當待她好一點兒……她活不了多久的……

克勒斯奇　我知道。

拉達霞　你知道！……知道是不夠的，你得放明白。死是一件可怕的事情。

伯伯爾　呃，帮我去吧——我不怕死。

拉達霞　你不怕嗎？……膽子眞夠大！

卜布諾夫　（吹口哨）這條線霉啦。

伯伯爾　當然，我不怕！我預備馬上死！拿一把刀來，對住我的胸口來一刀——我會一聲不哼地死去！我甚至還快活，因爲我死在一隻可愛的手底下。

拉達霞　（走出去）哦，你把這些廢話對別人說去吧。

卜布諾夫　（無精打采地說）這條線霉啦。

拉達霞　（在門口）克勒斯奇，可別忘了你的老婆。

克勒斯奇　好的。

伯伯爾　漂亮的姑娘！

卜布諾夫　蠻不錯。

伯伯爾　幹嗎她這樣待我呢？我說的話她不聽……她可要在這兒毀啦。

卜布諾夫　毀掉她的是你。

伯伯爾　幹嗎是我呢？我可憐她。

卜布諾夫　就好像一隻豺狼可憐一隻綿羊似的。她在這兒過的是苦日子。我看得出來。

伯伯爾　你撒謊！我很……可憐她……

克勒斯奇　你瞧着吧：瓦西里莎知道你跟她談話，她會大吵的。

卜布諾夫　瓦西里莎？是呀，她決不會平空放棄她的權利；她是一個潑婦。

伯伯爾　（在他的牀上躺下）你這兩個算命的跟我滾吧！

克勒斯奇　喂……瞧着吧！

路迦　（在廚房裏唱着）在晚上，我們找不着路程……

克勒斯奇　（走到大門外去）嗨，他也嘩啦嘩啦吵起來啦！

伯伯爾　心裏難受，難受——幹嗎會這樣難受呢？你活着，活着，什麼都不錯！忽然之間，你會好像打了一個冷驚似的：然後你就心裏難受起來。

卜布諾夫　心裏難受？唔唔……

伯伯爾　眞的。

路迦　（唱）唉，我們找不着路程。

伯伯爾　喂，老頭兒！

路迦　（伸進頭來）你叫我嗎？

伯伯爾　對啦，叫你。別唱啦。

路迦　（進來）你不喜歡唱歌嗎？

伯伯爾　唱得好的歌我喜歡。

路迦　那麼我唱得不好嗎？

伯伯爾　似乎這麼。

路迦　呃，呃！我還以爲我唱得好呢。許多事情都老是這麼樣：每個人都以爲他自己做得不錯！可是忽然之間人家把你的錯處找出來。

伯伯爾　（笑）這話是眞的。

卜布諾夫　你說你心裏難受，可是現在你又笑起來啦。

伯伯爾　關你什麼事？你這隻老鴉！

路迦　誰心裏難受？

伯伯爾　我。你聽見嗎？

（男爵登場。）

路迦　呃，呃！廚房裏面有一個姑娘坐在那兒，一面看書一面哭！對啦！她的眼淚只是淌下來……我問她：「小姑娘，什麽事？」她說，「我覺得傷心。」我說，「你爲什麽人傷心呀？」她說，「我看到書上的故事傷心。」大家都這麽消磨時間，對不對？我以爲，因爲他們心裏難受。

男爵　她是一個傻瓜！……

伯伯爾　男爵，你喝過茶沒有？

男爵　喝過啦。那麽怎麽樣？

伯伯爾　要我給你來一瓶酒嗎？

男爵　當然。那麽怎麽樣？

伯伯爾　用四隻脚在地上爬，學一學狗叫！

男爵　你這個傻瓜！你以爲你是一個財主嗎？要不然，你喝醉了嗎？

伯伯爾　喂，來一來狗叫！讓我好開一開心……你是一個闊人……有一個時候，你把咱們這樣的人壓根兒不當人看——這正是同樣的理由。

男爵　那麽，又怎麽呢！

伯伯爾　怎麼嗎？呃，現在我要弄得你做狗叫，你會叫的……對不對？

男爵　就說我會吧！飯桶！我自己既然知道我比你更下流的時候，你要弄得我做狗叫，在你又有什麼趣呢？當初我身份比你高的時候，你應當想方法叫我用四隻脚爬才對。

卜布諾夫　不錯！

路迦　我也這麼說：好得！

卜布諾夫　過去的事，已經拿倒；剩下來的只是一堆垃圾……這兒沒有主人，也沒有傭人……毛全掉光了；只不過剩下一個光人罷了。

路迦　咱們大家都是平等的……可是你，朋友——你從前眞做過男爵嗎？

男爵　什麼？老怪物，你是誰？

路迦　（笑）我見過伯爵，我也見過公爵——可是有生以來我碰見男爵，這還是頭一次；他已經落魄啦。

伯伯爾　（大笑）男爵！喂，你只不過叫我坍台罷了！

男爵　伯伯爾，腦筋放清爽點兒。

路迦　哈，哈，哈！小夥子們，現在我看出來，你們的生活都不成。

卜布諾夫　咱們一早起來就吵架：這就是咱們的生活。

男爵　眞的，我的生活一向都不錯！我老是醒着在牀上喝咖啡……咖啡！還有乳油！眞的，我這樣生活！

路迦　可是——咱們都是人！不管你怎麼做作，不管你怎麼驕傲，你生下來是人，你到死還是人……而且，我知道，人越活下去越聰明，越活下去越有趣……雖然他們的生活一天比一天糟，可是他們的想頭一天比一天高，眞別扭！

男爵　倒底，你是誰？老頭兒，你從那兒來？

路迦　我？

男爵　你是一個化緣的流浪者嗎？

路迦　咱們活在地球上的人都是流浪者……他們說——我這麼聽說過——就是咱們住的這個地球也是天空中的一個流浪者。

男爵　（端莊地）也許是這麼吧——可是你有護照沒有？

路迦　（稍停）你是誰——一個偵探嗎？

伯伯爾　（狂喜地）老頭兒，你眞好！男爵，老朋友，你可碰上釘子了！

卜布諾夫　對啦，大老爺碰到了對手了。

男爵　（窘促地）呃，有什麽要緊呢？老頭兒，我不過鬧着玩兒罷了！朋友，我自己就沒有護照。

卜布諾夫　你撒謊！

男爵　那是……護照我有是有……可是都沒有用了。

路迦　所有的護照都是一樣的——壓根兒沒有用。

伯伯爾　男爵，上小酒館去！

男爵　好呀！喂，老頭兒，再見！……你是一個壞蛋！

路迦　我的朋友，世界上有各種各樣的人。

伯伯爾　（在大門口）喂，你走不走！（他退場。男爵趕快地跟着他退場。）

路迦　那個人眞是一個男爵嗎？

卜布諾夫　誰知道？他是一個闊人，這倒是確實的……就是現在，他動不動還要擺紳士的架子。那付派頭還是一點兒沒有改，你瞧。

路迦　也許紳士出身像害天花病似的……就是病好了以後，滿臉的疤總是去不了的。

卜布諾夫　他倒是一個可愛的傢伙……他不過時時衝撞人就是了……譬如，像他剛才爲了你的護照就衝撞了你。

（阿略西卡帶醉登場，他手上拿着一隻手風琴。他吹着口哨。）

阿略西卡　喂，哥兒們！

卜布諾夫　你嚷什麼呀？

阿略西卡　對不起……請你原諒！我是一個有禮貌的人。

卜布諾夫　又喝醉了嗎？

阿略西卡　隨便你說吧！警察副署長梅得魏多夫，剛才把我從警察局趕出來，他說：「別讓我在街上瞧見你的人影兒；你當心！」我是一個好人……這兒的老闆討厭我……可是一個老闆算得了什麼？呸！他一味喝酒……他是一個酒鬼，這個老闆是……我可是這樣一種人……什麼都不要！帶我上那兒去都成！喂，那怕你送給我一塊二毛錢！可是我——我也不要。（娜斯佳從廚房登場。）送給我一百萬——我不要！像我這樣一個好人要受我的伙伴，那個酒醉鬼的調擺，那我是受不了的！我不要！

（娜斯佳站在門邊，望住阿略西卡，搖頭。）

路迦 （用親切的調子）呃，我的小朋友，你不知道說到那裏去了。

卜布諾夫 人類中的孱頭！

阿略西卡 （躺在地板上） 喂，把我吃掉吧！可是我——什麼都不要。我是一個不要命的人！讓給我聽聽，誰比我更好！幹嗎我比他們更糟？嗨！梅得魏多夫說：「你可別到街上來，要不然，我可要把你的臉孔拉破！」我可偏要去……我要躺到大馬路中間去——讓他們踩死我！我什麼都不要！

娜斯佳 可憐的傢伙……他還年青——就已經把自己弄成這付樣子。

阿略西卡 （望着她，起身跪下。）年青的姑娘！小姐！你會說法國話嗎……帕勒法郎瑟！潑力苦蘭特！我喝得大醉……

娜斯佳 （用高聲的低語）瓦西里莎！

瓦西里莎 （趕快開門，對阿略西卡） 你又到這兒來了嗎？

阿略西卡 你好呀！請進來！

瓦西里莎 你這小鬼，我對你說過不許上這兒來——怎麼現在你又來啦？

阿略西卡 瓦西里莎·卡爾鮑芙娜……你要我給你奏一隻送喪的曲子嗎？

瓦西里莎　（推他的肩膀）滾出去！

阿略西卡　（朝門口退）等一等！……不要這樣！一隻送喪的曲子……我剛學會的！新鮮調門兒……等一等！不要這樣！

瓦西里莎　我要給你瞧瞧什麼是「不要這樣」！我要叫你當街出醜，你這該死的傢伙！……你年紀輕輕的，就敢對我這樣胡說八道。

阿略西卡　（朝外跑出）好好，我走。

瓦西里莎　（對卜布諾夫）不許他再跨進這個門檻兒！聽見沒有？

卜布諾夫　我又不是你的門房。

瓦西里莎　我不管你是誰！我爲了做好事才叫你住在這兒：這一層你可別忘啦！你欠我多少錢？

卜布諾夫　（平靜地）賬還沒有算過。

瓦西里莎　你沒有算，我可要算啦！

阿略西卡　（開門大嚷）瓦西里莎・卡爾鮑芙娜！我不怕你！……我不怕！（他隱沒了）

（路迦笑。）

瓦西里莎　你是誰？

路迦　一個過路的，一個旅客。

瓦西里莎　來過夜呢還是長住下去？

路迦　以後再說。

瓦西里莎　護照！

路迦　好的。

瓦西里莎　拿來！

路迦　回頭給你……我把它送到你那兒去。

瓦西里莎　過路的——不見得！叫你自己做一個不三不四的跑江湖的——這話倒是更靠得住。

路迦　（嘆氣）唉，朋友，你眞是一個冷酷的人。

（瓦西里莎朝伯伯爾的房裏走去。阿略西卡從廚房探頭進來，低聲說：「她走了沒有？」）

瓦西里莎　（轉身對他）你還在這裏呀？

（阿略西卡吹着口哨隱沒了。娜斯佳和路迦笑。）

卜布諾夫　（對瓦西里莎）他不在這兒。

瓦西里莎　誰？

卜布諾夫　伯伯爾。

瓦西里莎　我對你問過他嗎？

卜布諾夫　我看見你在到處望。

瓦西里莎　我瞧瞧屋子裏的東西是不是收拾好了，你懂嗎？幹嗎這個屋子還沒有打掃？我對你們說過多少次把東西弄弄乾淨！

卜布諾夫　今兒輪到戲子打掃。

瓦西里莎　我管不着誰！要是衛生局長到這兒來，罰我的錢——那我就要趕你們出去！

卜布諾夫　（冷靜地）那麼你靠誰吃呢？

瓦西里莎　怎麼樣都成，灰塵可不許有！（對娜斯佳）爲什麼你要那樣陰陽怪氣？幹嗎你的臉孔發腫？幹嗎你像一段木頭似地站在那兒？掃地呀！你看見拉達霞嗎？她到這兒來過沒有？

娜斯佳　我不知道……我沒有看見她。

瓦西里莎　卜布諾夫，我妹妹到這兒來過沒有？

卜布諾夫　呃？……剛才就是她把這個老頭兒帶來的。

瓦西里莎　那個傢伙——在家嗎？

卜布諾夫　伯伯爾？在家……拉達霞在這兒跟克勒斯奇說話來着——拉達霞……

瓦西里莎　我並不是問她跟誰說話！到處都是髒的——髒透啦！哦，你們——這夥死猪！掃掃乾淨！……聽見沒有！（很快地退場）

卜布諾夫　這個女人一身都是蠻勁兒！

路迦　這小傢伙好厲害！

娜斯佳　過到這樣的生活，誰都會變成一條野獸的了……隨便叫那一個女人去受一受她男人的拘束看！……

卜布諾夫　可是，她並沒有受到很厲害的拘束。

路迦　她一向都是這樣……潑辣嗎？

卜布諾夫　一向都是……她來看她的姘頭，你知道；可是她的姘頭出去了。

路迦　因此她覺得難過。哈，哈，哈！世界上不同的人眞多，到處指揮着人……而且用各種威脅嚇唬對方，可是生活仍舊沒有秩序……仍舊骯髒！

卜布諾夫　他們都要秩序，可是他們的頭腦紊亂。不過，地還是非掃不可……娜斯佳，你動一動手吧。

娜斯佳　我才不幹呢！難道我是你的丫頭嗎？（稍停）我今兒要去喝酒……呃，喝它一個醉！

卜布諾夫　說得有理。

路迦　姑娘，幹嗎你要喝酒？一回兒以前你還哭來着，現在你說要喝醉！

娜斯佳　（挑戰地）我要喝醉，那麼我再好哭一次……就這麼着！

卜布諾夫　並不多。

路迦　可是為了什麼緣故呢，告訴我吧！就是一粒瘡也決不會平白生出來的。

（娜斯佳沉默，搖頭。）

路迦　這情形……哈哈！可是你們怎麼辦呢？好吧，我來掃。條帚在那兒？

卜布諾夫　在大門背後。

（路迦到大門口去。）

卜布諾夫　好娜斯佳！

娜斯佳　嗄？

卜布諾夫　幹嗎瓦西里莎要跟阿略西卡那樣過不去？

娜斯佳　阿略西卡說她許多閑話，說伯伯爾討厭她，還說伯伯爾想扔掉她……打拉達霞的主意……我想離開這兒……搬到別家旅館去。

卜布諾夫　爲什麽？搬到那兒去？

娜斯佳　我討厭這兒……這兒的人都以爲我是多餘的。

卜布諾夫　（平靜地）到處的人都以爲你是多餘的。此外世界上的人都是多餘的。沒有人不是多餘的。

（娜斯佳摇頭。她起身趕快走到大門外去。梅得魏多夫登場，路迦手上拿着條帚跟着他。）

梅得魏多夫　我好像不知道你。

路迦　難道此外的人你都知道嗎？

梅得魏多夫　在我巡查的時候，每個人我都得知道……我可不知道你。

路迦　大爺，這是因爲世界不完全是你的區域的緣故，除了你那小小的分局以外，還有的是地方呢。（走到廚房裏去）

梅得魏多夫　（走近卜布諾夫）眞的，我的分局並不大——倒是比別的大地方糟……剛才我正要換班的時候，我把那個皮鞋匠，阿略西卡帶到警察局……你知道，他躺在馬路中間，奏手風琴，還不停地這樣嚷着：「我什麼都不想，我什麼都不要。」馬跑着，人擠着，說不定車輛會把他壓死或是什麼的……他是一個胡鬧的孩子……呃，我立刻抓住他……把他送到局子裏去。他太喜歡搗亂。

卜布諾夫　你今兒晚上來下棋嗎？

梅得魏多夫　當然！我來的。伯伯爾怎麼樣啦？

卜布諾夫　不錯……還是老樣兒。

梅得魏多夫　那麼——他還是活着嗎？

卜布諾夫　爲什麼他要不活？他能活。

梅得魏多夫　（懷疑地）他能嗎？（路迦手上提着一隻桶，走到大門外去。）哼……到處都有人說伯爾的閑話。你聽見過沒有？

卜布諾夫　當然聽見，我聽見過許多閑話。

梅得魏多夫　關於瓦西里莎的事，你留心過沒有？

卜布諾夫　什麼？

梅得魏多夫　不過一般的說法罷了……也許你知道，有意撒謊吧？誰都知道……（莊重地）我的朋友，你可別撒謊！

卜布諾夫　幹嗎我要撒謊！

梅得魏多夫　那就好！……嘿，那班狗東西！你知道，他們說伯伯爾跟瓦西里莎……可是這與我有什麼關係？我不是她老子；我是她叔叔……幹嗎他們要笑我？……（克瓦西尼亞登場。）這班人眞可惡！……他們什麼人都笑。（對克瓦西尼亞）呀哈！原來你來啦！

克瓦西尼亞　我的好老總！——我說，卜布諾夫；他在小菜場又纏着要我嫁給他。

卜布諾夫　來一下呀！爲什麼不？他有錢，而且又是一個精強力壯的署長老爺。

梅得魏多夫　我？嘀嘀！

克瓦西尼亞　哦，你這白頭髮！不成，你別觸動我心痛的地方！我的朋友，這個滋味我嘗過……一個女人嫁人，就跟冬天跳進一個冰窖裏去似的：要是你嫁過一次人，那你就一輩子也忘不了。

梅得魏多夫　你等着吧；丈夫有種種不同的。

克瓦西尼亞　我可是始終一樣的！當初我的死鬼去世的時候——他還沒有落葬，——我就安安樂樂地坐着開心了一整天；我坐在那兒，壓根兒不相信我自己還有這份福氣。

梅得魏多夫　要是你丈夫……壓根兒不爲什麽打你，那你應當報告警察。

克瓦西尼亞　我對老天爺報告了八年——可是他並沒有幫我的忙兒！

梅得魏多夫　現在，打老婆的事情是禁止的……現在對什麽事情都有嚴重的法律——法律跟秩序！你不能夠平白打人……要是爲了維持秩序打人，那是可以的。

路迦　（領安娜進來）呃，咱們倒底慢慢兒走進來了……你瞧！你身體這麽軟弱的時候，怎麽可以一個人走呢？你的牀舖在那兒？

安娜　（指着自己的牀）謝謝你，老伯伯。

克瓦西尼亞　這個女人是嫁了的……瞧瞧她！

路迦　這個小女人的身體不好……她在大門口一面扶着牆走，一面哼着……幹嗎你們讓她一個人出去？

克瓦西尼亞　老伯伯，咱們沒有看見她：請你原諒點兒！她的女用人一定是出去玩兒去了。

路迦　你在開玩笑——你們怎麽可以把一個這樣的人拋開呢？無論誰——不管他是怎樣一種

人——都有他本身的價値。

梅得魏多夫　你得看住她！要是她忽然死了，怎麼辦？檢查起來，可不得了……你得好好兒看住她！

路迦　署長先生，你不錯。

梅得魏多夫　對，對啦——雖然我現在還不完全是一個署長。

路迦　眞的嗎？你的外表可是挺神氣的。

（大門外發出雜亂的聲音，沉重的脚步聲和嘈雜的叫喊聲。）

梅得魏多夫　好像是打架的聲音？

卜布諾夫　大概是的。

克瓦西尼亞　我去瞧瞧。

梅得魏多夫　我該去……唉，我這份差事！幹嗎他們打架的時候，有人老要去把他們分開呢？他們自己會停手的……因爲他們打累了，你知道……他們高興打多久，我就讓他們打多久……那麼他們就會少打架了，因爲他們更記得他們的傷痛。

卜布諾夫　（從牀上下來）你最好把這樣的話對你的上司說去。

柯斯狄略夫　（突然開門，大嚷。）梅得魏多夫，到這兒來！瓦西里莎要打死拉達霞……到這兒來！

（克瓦西尼亞，梅得魏多夫，和卜布諾夫衝到門外去。路迦搖搖頭，望着他們。）

安娜　哦，天呀！可憐的小拉達霞！

路迦　誰在那兒打架？

安娜　老闆娘……跟她的妹妹。

路迦　（走近安娜）她們吵什麽？

安娜　她們倆……吃飽了飯……身體好。

路迦　你叫什麽名字？

安娜　我叫安娜……現在我覺得……你好像我的父親……好像我的爸爸……他是這麽的親切……和善。

路迦　我經過千錘百鍊的磨折；所以我才變得這麽和善。（他帶着抖顫的笑聲笑着）

——幕——

第二幕

佈景與第一幕的相同。黃昏。在靠近火坑的幾張牀上，沙汀，男爵，克利瓦依和韃靼人在打牌。克勒斯奇和戲子看着他們打。卜布諾夫坐在自己的牀上和梅得魏多夫下棋，路迦坐在靠近安娜那隻牀的凳上。這旅館點着兩盞燈：一盞弔在靠近幾個打牌着的牆上；一盞掛在卜布諾夫的牀上。

韃靼人 再打一次——我就不來啦。

卜布諾夫 克利瓦依，唱！（唱着：）

太陽雖然光輝地照耀——

克利瓦依 （接着唱：）

可是沒有光線射到我的地上。

韃靼人 （對沙汀）洗牌！好好兒洗！咱們知道你的手法。

卜布諾夫 （合唱：）

克利瓦依

獄卒們日以繼夜——哦，呀哈！

在我的門邊繼續他們的逡巡。

安娜　挨罵……受氣……我一輩子就是這麼過的……此外什麼也沒有！

路迦　晐，可憐的女人！別難受吧！

梅得魏多夫　你走那一步？當心點兒！

卜布諾夫　哈呀！對啦，對啦，對啦。

韃靼人　（用拳頭對沙汀揮動）幹嗎你把牌藏起來？我看見……嘿，你！

克利瓦依　算啦，阿三！反正他們是要騙咱們的——卜布諾夫，唱歌！

安娜　我記不起我在什麼時候吃過一頓飽飯……我拿起一塊麵包就嚇得發抖……我一輩子都發抖……我一味提心吊膽——因為我怕比人家吃得多……我一輩子穿的都是破衣服……

我這痛苦的一輩子……這是為什麼呢？

路迦　可憐的孩子！你累了嗎？不要緊！

戲子　（對克利瓦依）出傑克……傑克，你媽的！

男爵　可是咱們有老克。

克勒斯奇　他們老是贏的。

沙汀　這是咱們的老規矩。

梅得魏多夫　老克！

卜布諾夫　我也有——囉！

安娜　現在我快死啦。

克勒斯奇　瞧，瞧他！公爵，（對韃靼人）不要來吧！喂，不要來吧！

戲子　你不教他，他會不知道嗎？

男爵　留神點兒，克勒斯奇，要不然，我可要馬上送你見閻王去！

韃靼人　再派一次牌！既然喝了毒藥，索興把它喝乾……

（克勒斯奇，搖頭，走近卜布諾夫。）

安娜　我老是這樣想：「天呀，難道我到了那個世界還得受苦嗎！我在那邊還要這樣吃苦嗎？」

路迦　沒有這麼一回事！喂，靜靜地躺着！不要緊！你在那邊會有休息的！……再忍受一點兒痛苦。好朋友，每個人都受苦；每個人都得忍受他自己的痛苦。（他起身，用快步走到廚房裏去。）

卜布諾夫　（開始歌唱）：

週密地看守我，牢固地看守我——

克利瓦依　（接着唱：）

可是我决不能夠出獄——

兩人　（合唱：）

雖然我渴望自由，哦，呀哈！

可是鐐銬又粗又重。

韃靼人　（大嚷）呀！把牌藏在袖子裏頭！

男爵　（狼狽地）咄！難道叫我把它貼到你的鼻尖兒上去嗎？

戲子　（證明地）公爵，你弄錯啦。沒有人會做這樣的事——

韃靼人　我瞧見。騙子！我不打啦！

沙汀　（收拾牌）得了吧，阿三……你明明知道咱們是騙子。那麼幹嗎你要跟咱們打呢？

男爵　輸四毛錢的牌，發三塊錢的脾氣……他還自命爲公爵呢！

韃靼人　（發急地）賭要賭得正直！

沙汀　爲什麼？

韃靼人　你說爲什麼？

沙汀　對啦。爲什麼？

韃靼人　你不知道嗎？

沙汀　不，我不知道。你呢？

（韃靼人氣憤地呸一聲。大家全大聲笑他。）

克利瓦依　（和善地）阿三，你是一個怪物！你得知道！要是他們正直生活起來，那他們活不了三天就會餓死……

韃靼人　我管得着嗎！非得正直生活不可！

克利瓦依　怎麼你老說這樣的話！咱們喝茶去……卜布諾夫！（唱：）

呀，我的鐐銬，我的沉重的鐐銬……

卜布諾夫　（接着唱：）

呀，我的銅牆鐵壁似的看守者啊……

克利瓦依　走吧，小阿三！（哼着退場：：）我決不能打破你或是粉碎你。

（韃靼人對住男爵揮他的拳頭，跟在他的伙伴後面退場。）

沙汀　（笑着對男爵說）喂，老爺，你又大失體面了！你是一個受過教育的人，可是你連偸一張牌也不會。

男爵　（失望地伸一伸他的手）他媽的，不知道怎麼一來——

戲子　你沒有天才……沒有自信……沒有這些東西，你什麼事情也做不成。

梅得魏多夫　我有一個老克……可是你有兩個……呃！

卜布諾夫　一個老克也不錯，只要他會打……向前走好啦。

克勒斯奇　梅得魏多夫，你輸棋啦！

梅得魏多夫　不關你的事情……明白嗎？不要響！

沙汀　我贏了五毛三分。

戲子　給我三分……可是我要三分錢有什麼用呢？

路迦　（從廚房裏出來）呃，你們把韃靼人的錢掃光了。現在你們要去喝老酒哪？

男爵　跟咱們一塊去！

沙汀　我很想瞧瞧你喝醉了的時候是怎麽樣的。

路迦　比我沒有喝酒的時候更糟。

戲子　走吧，老頭兒！……我要唸幾個對句給你聽。

路迦　那是什麽？

戲子　詩——你懂嗎？

路迦　詩！你的詩與我有什麽相干呢！

戲子　這東西很有趣兒……可是有時候也悲傷。

沙汀　喂，對句詩人，你來不來？（同男爵一塊退場）

戲子　就來……我立刻趕上你！比方説，老頭兒，現在我唸一首詩給你聽……開頭的句子我忘啦……忘啦。（他摸前額）

卜布諾夫　完啦！你的老克給吃啦……你走！

梅得魏多夫　我走錯啦……他媽的！

戲子　在好幾年以前，我的身體沒有中酒毒的時候，我的記憶力很好，老頭兒……可是現在……完啦，朋友！我的一切全完啦。我從前背這首詩一直是很成功的……熱烈的采聲！你……你不知道采聲是什麽……就像……燒酒一樣，我的朋友！……我老是走上場去，這麽一站……（做姿勢）我這樣站着……後來……（沉默）我現在什麽也不記得……一個字也不記得……我不記得！我所喜歡的一首詩！……這很糟，老頭兒，是不是？

路迦　連你所喜歡的東西都忘啦，這當然是很糟的。一個人的整個的靈魂就在他所喜歡的東西上面。老頭兒……

戲子　我喝酒，把我的靈魂也給喝完了……朋友，我毀啦，……可是我幹嗎會毀了呢？我沒有自信……我完啦……

路迦　哦，不要緊！你……醫治一下吧！這年頭，他們能夠醫治酒病，你聽到說嗎！他們治這樣的病是不收錢的，我的朋友。……有一個特地爲那些酒鬼開辦的醫院——給他們白看病，你知道他們認爲一個酒鬼跟別人一樣，也是一個人，而且他們甚至歡迎那誠心求醫的酒鬼！那麽去吧！到那邊去吧！

戲子　（思索地）在那兒？這個醫院在那兒？

路迦　哦，在一座城裏……這座城叫什麽名字呢！名字叫作——呃，我隨後告訴你吧！……

只要你肯這樣做！你預備動身吧。管一管自己！……去試試看——忍耐一下……以後你就會治好的……你可以從新生活起來……朋友，過起新生活來不是很好嗎？喂，決定一下……趕快做去！

戲子　（微笑）開始……過新生活……好呀……對啦……過新生活。（大笑）呃……對啦！我成嗎！喂，我成嗎！

路迦　幹嗎不成？一個人只要想成的話，他什麼都可以成。

戲子　（好像覺得突然醒了一樣）你是一個怪物！囘頭見！（吹口哨）老朋友，再見。（退場）

安娜　老伯伯！

路迦　大嫂，什麼事。

安娜　你來跟我談談。

路迦　（走近她）好，咱們來談談吧。

（克勒斯奇週圍望，沉默地走近他的妻子，望一望她，做手勢，似乎想要說什麼話似的。）

路迦　朋友，什麼事？

克勒斯奇　（低聲地）沒有什麼。（他慢慢向大門口走去，在門邊站了一囘兒，然後出去。）

路迦　（目光一直跟着他）你丈夫很難過。

安娜　我不再關心他啦。

路迦　他老打你嗎？

安娜　可不是嗎……就因爲他我才瘦到這個地步。

卜布諾夫　我女人……有一個姘頭；那個王八蛋，他下棋下得眞好……

梅得魏多夫　唔，唔。

安娜　老伯伯！對我說話呀！……我覺得難過……

路迦　沒有關係！寶貝，死的時候總是這樣的。好孩子，沒有關係！只要信仰好了……那麽你就會平安地死去……你再不需要什麽，你也不用害怕！靜靜地，平安地……你只要悄悄地躺下！死把和平帶給一切……它對咱們親切……據他們說，死可以給人安息……好孩子，這是不錯的！因爲——在這個世界上，咱們到那兒去找安息呢？

（伯伯爾登場。他喝得微醉，他的頭髮散亂，他有一付憂愁的樣子。他在一張靠近門的牀上坐下，一直就在那兒，也不響，也不動。）

安娜　到了那個世界，還要一直受苦嗎？

路迦　沒有像痛苦這樣的東西！沒有！你相信得了！只有安息，此外什麼也沒有！他們會把你叫到上帝跟前，這麼說：「看呀，天父，你的奴婢安娜已經來了。」

梅得魏多夫　（莊嚴地）你怎麼會知道，那個世界說這樣的話呢？哦，你……

（伯伯爾聽見梅得魏多夫的聲音，便抬起頭來傾聽。）

路迦　呃，署長先生，我知道呢。

梅得魏多夫　（用溫和的語調）唔……對啦！……隨你去叫吧……可是我還……不完全是……署長呢。

卜布諾夫　我吃了兩個子……

梅得魏多夫　哦，你！……你媽的！

路迦　而且天父會親切溫存地望住你說：「我認得這個安娜！領她到樂園裏去！讓她休息休息……我知道：她的生活過得很苦……她也很累……讓安娜休息吧。」

安娜　（喘息）老伯伯……你是一個親切的人，要是能夠這樣的話，那多好！要是……有休息的話……那麼我就不會感到什麼！

路迦　你不會感到什麼！那兒沒有痛苦！你信仰好啦！沒有信仰是不成的。你要快快活活，無憂無慮地死……我告訴你，死對於咱們，就跟母親對於孩子們一樣。

安娜　可是……也許……也許我會好起來？

路迦　（苦笑）這爲什麼？再去受苦嗎？

安娜　呃……要是我再能夠活一些日子……只要一些日子！要是那個世界沒有痛苦……我在世上可以吃一吃苦的……可以的！

路迦　那個世界沒有痛苦……不過……

伯伯爾　（起身）對，可是也許不對！

安娜　（用恐怖的語調）天父！

路迦　呀，小白臉……

梅得魏多夫　誰在嚷呀？

伯伯爾　（走近他）我！怎麼樣？

梅得魏多夫　你這樣瞎嚷，眞討厭！一個人應當斯斯文文才對。

伯伯爾　呃……你這飯桶！你還算是叔父呢！哈哈！

路迦　（低聲對伯伯爾說）喂，不要那麼大聲叫，這個女人快死啦……她的嘴唇已經變成土色了……別驚動她！

伯伯爾　好，老伯伯，我聽從你！老朋友，你是一個好人！你的謊撒得巧妙……你的故事說得有趣！老朋友，撒一撒謊吧！世界上有趣的事情太少啦！

卜布諾夫　那個女人真的快死了嗎？

路迦　真的，並不是鬧着玩兒。

卜布諾夫　那麼她不咳嗽了……她咳嗽起來，簡直可怕極了……我吃了兩個子！

梅得魏多夫　哦，滾你媽的！

伯伯爾　梅得魏多夫！

梅得魏多夫　梅得魏多夫這個名字，不是你這樣的人叫的。

伯伯爾　那麼叫你做老梅吧！老梅，拉達霞生病嗎？

梅得魏多夫　關你什麼事情？

伯伯爾　沒有什麼，告訴一下我：瓦西里莎把她打得很厲害嗎？

梅得魏多夫　這也不關你的事情！這是家事……倒底，你是誰？

伯伯爾　不用管我是誰，可是——要是我轉一轉念頭的話——那你就再也見不到你的小拉達霞啦！

梅得魏多夫　（拋開棋不下）你在說什麼呀？你在說誰呀？我的姪女會跟——呸，你這小偷兒！

伯伯爾　我是一個小偷兒，可是你並沒有抓住我。

梅得魏多夫　等着瞧吧！我囘頭就要……抓給你看。

伯伯爾　要是你把我抓住的話，倒霉的是你們這個賊窩兒。你以爲我不會囘答推事嗎？一隻豺狼也會咬一口的！他們會問誰鼓動我去做賊並且帶我上那兒偷去。我就說：「柯斯狄略夫跟他的女人！」再問贓是誰收的？我就說：「柯斯狄略夫跟他的女人！」

梅得魏多夫　你吹牛！他們不相信你！

伯伯爾　他們會相信我，因爲這是實話！我還要把你拖在裏邊！……哈！你們這班鬼東西，我要叫你們全給毀啦；你自己瞧着吧！

梅得魏多夫　（大怒）你吹牛！你，你吹牛！我對你有什麼壞處？你是一隻瘋狗！

伯伯爾　可是你有什麼好處對我？

路迦　不錯！

梅得魏多夫　（對路迦）要你吵什麼？關你什麼事？這是家事！

卜布諾夫　（對路迦）得了吧！他們又沒有把繩子套住咱們的頸子。

路迦　（謙讓地）我沒有什麼壞心眼兒！我不過是說：假如一個人對別人不做好事，那他做的就是壞事。

梅得魏多夫　（不懂）着呀！咱們在這兒……大家都相熟……可是你——你是誰？（氣得鼻孔出氣，他趕快出去。）

路迦　這位警察老爺發脾氣了…哈哈哈！朋友們，我看你們在這兒鬧得一塲糊塗！

伯伯爾　他跑去跟瓦西里莎嘀咕去了。

卜布諾夫　伯伯爾，你兇極了。你的膽子可眞不小呀……喂，你上山採香菰的時候，是該大膽的——可是在這兒，壓根兒用不着……他們馬上會把你的頸子給扭斷。

伯伯爾　不見得！你就不能空手立刻把咱們雅洛斯拉夫人抓住……如果要打架的話，那咱們打好啦……

路迦　眞地，小夥子呀，你還是離開這個地方的好。

伯伯爾　上那兒去？喂，你說！

路迦　到——西伯利亞去！

伯伯爾　哈哈！不，我要等他們用官費送我到西伯利亞去。

路迦　不要說難聽的話，去吧！你在那邊可以找到出路……那邊用得着你這樣的人！

伯伯爾　我的路早已給我定了！我爸爸坐了一輩子的牢，而且他把那份遺產傳給了我……當我還是一個小孩的時候——就在那個時候，他們叫我做小偷兒，小偷兒的兒子。

路迦　西伯利亞可是一個好地方！一個黃金的地方！誰有氣力跟聰明，誰就在那兒發財，好像黃瓜在花房裏一樣。

伯伯爾　老頭兒，幹嗎你老是撒謊？

路迦　什，什麼？

伯伯爾　難道你是聾子嗎！我說，幹嗎你撒謊？

路迦　我撒什麼謊？

伯伯爾　什麼謊都撒……你說那兒好，這兒好……你知道，你這是撒謊！有什麼用處？

路迦　你得相信我：你自己去瞧瞧……你就會感謝我……幹嗎你在這兒白糟塌你的時候？而且——幹嗎你這麼喜歡眞實？……你得記住：眞實也許會變成一把銅鎚把你打死。

伯伯爾　在我全是一樣！要是一把銅鎚，那就讓它是一把銅鎚得啦。

路迦　你是一個有趣的傢伙！幹嗎你要自殺呢？

卜布諾夫　你們倆在胡說什麼呀？我就不懂……伯伯爾，你要怎樣的眞實？這是爲什麼呢？你知道關於你自己的眞實，此外人家也都知道。

伯伯爾　慢着，不要吵！讓他囘答我——老頭兒——聽着：上帝有沒有？

（路迦不響，微笑着。）

卜布諾夫　人生在世……好像浮在河水上的木片似的……他們把屋子一造起來的時候，他們就把那些木片扔掉。

伯伯爾　怎麼樣？上帝有沒有？你說！

路迦　（低聲地）如果你相信他，就有；如果你不相信，就沒有……你相信什麼，就有什麼。

（伯伯爾不響，訝異地注視着路迦。）

卜布諾夫　我要去喝茶啦……咱們上茶館去！好不好？

路迦　（對伯伯爾）幹嗎你那樣出神？

伯伯爾　因爲……等一等！那麼——

卜布諾夫　喂，我一個人走啦。（走到門邊和瓦西里莎相遇）

伯伯爾　那麼……你——

瓦西里莎　（對卜布諾夫）娜斯佳在家嗎？

卜布諾夫　不在家。（退場）

伯伯爾　哦！…你來啦！

瓦西里莎　（走近安娜）還活着嗎？

路迦　別驚動她。

瓦西里莎　喂！你在這兒攪什麼？

路迦　萬一要我走開的話，我就走開。

瓦西里莎　（走近伯伯爾的房間）伯伯爾！我有事情跟你商量。

（路迦走到大門邊，把門打開，接着砰然一聲地把門關緊。然後他小心地爬上一張牀去，再從牀上爬到火坑上面。）

瓦西里莎　（在伯伯爾的房裏）伯伯爾！到這兒來！

伯伯爾　我不去！……我不高興去！

瓦西里莎　嗄？怎麼啦？你生什麼氣？

伯伯爾　我討厭……我討厭這許多亂七八糟的事情。

瓦西里莎　連我也討厭嗎？

伯伯爾　連你也討厭。

（瓦西里莎把她的肩上的披巾拉緊，她的兩手按住胸口。她走到安娜的牀前，小心地隔着幔子望望，然後再轉身向伯伯爾。）

伯伯爾　喂！你說！

瓦西里莎　有什麼好說呢？你不願意勉強中意人家，我的脾氣又不願意叫人家勉強中意我……謝謝你說出老實話來！

伯伯爾　什麼老實話？

瓦西里莎　你說你討厭我……難道這不是老實話嗎？

（伯伯爾沉默地望着她。）

瓦西里莎　（走近他）幹嗎你瞅着我？難道你不認得我嗎？

伯伯爾　（嘆氣）瓦西里莎，你是一個漂亮的女人……（她把她的手放到他的頸子上，可是他用肩膀一擺，把她的手摔開。）我可是從來沒有愛過你……我跟你在一塊住過……我可是不中意你。

瓦西里莎　（低聲地）那麼……怎麼辦呢？

伯伯爾　那麼咱們就沒有什麼好說！完全沒有！……你離開我吧。

瓦西里莎　你愛上了別人嗎？

伯伯爾　不關你的事……萬一我愛上了的話，我也不用找你做媒。

瓦西里莎　（有意義地）你鬧錯啦……也許我可以幫你做媒。

伯伯爾　（猜疑地）你在講誰？

瓦西里莎　你知道……裝傻有什麼用處？伯伯爾，我是一個說老實話的人……（低聲地）我不喘你說……你對我不起……你簡直好像無緣無故用鞭子抽我……你從前說你愛我……可是現在忽然——

伯伯爾　完全不是忽然……我好久以前……女人，你沒有靈魂……一個女人應當有一個靈魂……咱們男人都是野獸……咱們需要……咱們需要……有人來教導咱們……可是你——你教過我什麼呀？

瓦西里莎　過去的過去了……我知道，一個男人管不了自己……要是你不再愛我的話……好吧！算啦。

伯伯爾　好，那麼一切都完啦！咱們不要吵鬧，客客氣氣地分開……好極啦！

瓦西里莎　不，慢着！可是……當我跟你一塊住的時候……我一直希望你把我從這個火坑裏救出去……你使我脫離我的丈夫，脫離我的叔叔……脫離所有這個生活……也許我並不愛你，伯伯爾，可是……我把我的希望，我的夢想都寄托在你身上……你明白嗎？我希望你把我拔出來。

伯伯爾　你不是一個釘子，我也不是一把鉗子……我以爲，你是一個聰明的女人——你聰明，你知道……你很乖！

瓦西里莎　（靠近他）伯伯爾，喂，咱們彼此幫個忙兒吧！

伯伯爾　怎麼樣？

瓦西里莎　（用低微而有力的聲音）你喜歡……我妹妹。我知道。

伯伯爾　所以你打她打得那麼厲害！留神點兒，瓦西里莎，你可別碰她！

瓦西里莎　慢着。別冒火兒！咱們來心平氣和把什麼事情辦妥……你想娶她嗎？行，另外我還要給你一筆錢……大約三百塊！我多弄到的話，那我就多給。

伯伯爾　（離開她）慢着！……怎麼啦？這幹什麼？

瓦西里莎　使我脫離……我丈夫！把我頸子上的繩子給解掉！

伯伯爾　（輕輕地吹口哨）哦，原來這樣！哈哈哈！你的想頭眞妙……你的意思是：你的丈夫，進棺材；你的姘頭判徒刑；而你自己——

瓦西里莎　伯伯爾！幹嗎會判徒刑？你用不着自己動手……叫你朋友動手得了！就是你自己幹，誰會知道呢？想想看，你會把拉達霞弄到手……你會有錢……無論上那兒都成……使我永遠自由……要是妹妹不在我的身邊，就她那方面說也好。我看見她就難過……爲了你的緣故，我覺得恨她……我自己禁不住……我磨折這個姑娘，我打她……對啦，打得她那麼可憐，連我自己也哭了。可是——我打她。我還要不斷地打她！

伯伯爾　你這畜生！對自己的殘暴這樣神氣活現。

瓦西里莎　我並沒有神氣活現，我說的是實話，伯伯爾，你想……你兩次坐牢都是爲了我丈夫……爲了他貪心……他像一隻臭虫似地吸我的血，吸了四年！他是怎樣一種丈夫呢？他打拉達霞，罵拉達霞，說拉達霞是一個教化子！每個人都吃他的苦！

伯伯爾　你眞會花言巧語，

瓦西里莎　我說的話句句都是很明白的……除了傻子誰都懂得我的意思。

（柯斯狄略夫小心地進來並且偷步向前。）

伯伯爾　（對瓦西里莎）喂，你走吧！

瓦西里莎　再想一想吧。（看見她的丈夫）怎麼啦？你找我嗎？

（伯伯爾跳起，狂野地望住柯斯狄略夫。）

柯斯狄略夫　是我……我！原來只有你們倆……在這兒嗎？呀，哈！……原來你們在說話？

（他開始頓脚大嚷）瓦西里莎，你這賤貨！你這教化婆——老妖精！（對於這兩個人所表示的沉默，他感到他的叫喊可怕。）哦，天呀，請原諒我吧！……瓦西里莎，你又叫我犯罪了……我到處找你來着……（叫）現在該睡覺啦！神像面前的燈油你也忘了添……混賬東西！你這教化婆——死豬！……

（他對瓦西里莎揮動他的顫慄着的手臂。瓦西里莎慢慢地向大門走去，回頭望伯伯爾。）

伯伯爾　（對柯斯狄略夫）嗨，你！滾！滾出去！

柯斯狄略夫　（大聲）我是老闆！你跟我滾！你這小偷兒！

伯伯爾　（粗聲地）柯斯狄，滾開！

柯斯狄略夫　你別兒！我不走……我要揍你！

（伯伯爾抓住他的領子搖他。從火坑上面傳出轉動和打呵欠的聲音。伯伯爾放鬆柯斯狄略夫，柯斯狄略夫叫着往大門外跑。）

伯伯爾　（大聲）誰？……誰在火坑上？

路迦　（伸出頭來）什，什麼？

伯伯爾　是你嗎！

路迦　（平靜地）對啦……正是我……哦，老天爺呀！

伯伯爾　（把門關緊，找門閂，可是沒有找着。）哦，他媽的！……老頭兒，下來！

路迦　我就，就下來。

伯伯爾　（粗暴地）幹嗎你爬到火坑上去？

路迦　你叫我上那兒去呢？

伯伯爾　你不會到大門外去嗎？

路迦　孩子呀，像我這樣的老頭兒，外邊太冷了。

伯伯爾　你……聽見了嗎？

路迦　呃？……聽見？當然我聽見。你以爲我是聾子嗎？呀，年青的朋友，你走運了……你的運氣來了！

伯伯爾　（疑惑地）什麼運氣？爲什麼走運？

路迦　爲什麼？因爲我爬到火坑上去了。

伯伯爾　那麼……幹嗎你在上邊吵吵鬧鬧？

路迦　你知道，因爲我聽到你這個獨身漢的運氣，我便發起熱來了……同時我又這樣想：「也許這小夥子一失手；說不定把那老頭兒掐死。」

伯伯爾　是——的……我做得出……我恨他。

路迦　這並不稀奇。這並不是少見多怪的事。……這樣失手的事情是常有的。

伯伯爾　（微笑着）你怎麼說？也許你從前失過手吧？

路迦　喂，小朋友！聽一聽我對你說的話：不要管那個女人！你別碰她！別讓她靠近你！……她自己會謀害她的親夫，而且她會幹得比你巧妙——她會！你別聽她的話，那個毒婦！……現在你瞧一瞧我，我是禿了頂的……。爲什麼呢？就爲了像她這一類女人的緣故……也許我所知道的這樣的女人比我腦袋上的頭髮還要多……可是那個瓦西里莎——她比一個吃邪教的女人更糟！

伯伯爾　我不知道是不是我得感謝你……還是你也……

路迦　你別說！你不見得比我更會說話。還是聽我說：不論那一個姑娘，只要是你所喜歡的，你就拖着她的手，帶她趕快離開這兒。走！……到別的地方去。

伯伯爾　（鬱悶地）要看透人眞不容易！誰好，誰壞……你簡直不知道。

路迦　有什麽好知道的呢？一個人照着老樣兒過活……他照着他的心性過活：今兒他是好人，明兒他是壞人…… 要是那個姑娘死心塌地中意你，那你就帶她一塊走，把這件事情弄個結束……要不然你就一個人溜……你還年靑；你要找一個女人是很容易的。

伯伯爾　（抓住他的肩膀）不，你得告訴我，幹嗎你說這樣的話！

路迦　慢着，你放手……我要瞧一瞧安娜；她的氣喘得可怕極了。（他走近安娜的牀，把帳幔打開，望望，用手摸一摸那個女人。伯伯爾現出心煩的神情，沉默地注視路迦。）慈悲的救主基督耶穌！現在，你的奴婢安娜，正站在你的跟前，請你平靜地接待她的靈魂吧！

伯伯爾　（低聲地）她死了嗎？（沒有走近，他伸出腰來望牀。）

路迦　（低聲）她的苦痛完結啦！她的男人在那兒？

伯伯爾　大概在小酒館裏。

路迦　咱們得告訴他。

伯伯爾　（戰慄地）我不喜歡死人。

路迦　（走近門）幹嗎你要喜歡死人呢？咱們要喜歡——要愛活人……活人。

伯伯爾　我跟你一塊去。

路迦　你害怕嗎？

伯伯爾　我不喜歡死人。（他們急忙出去）

（空洞和沉默佔據片刻。然後從門外發出模糊混亂的聲音。戲子登場。）

戲子　（在門檻上停住，沒有把門關上，並且用手扶着側柱，他大聲說。）喂，老頭兒！你在那兒呀？

那首詩我記起來啦：你聽！（他蹣跚地上前走兩步，做一個姿勢，朗誦。）

　　聽呀，諸位！要是世界上

找尋不到神聖的眞理，

那麼就請去崇拜那個瘋子，

他會叫人們做着黃金的美夢。

（拉達霞在戲子後邊的門口出現。）

戲子　老頭兒！

要是明天的太陽忘却

照耀我的塵世的路途，

那麼瘋子的思想

會照遍世界！

拉達霞　（笑）草紮的人！你喝得太多了一點兒。

戲子　（轉身對她）呀，是你嗎？可是——那老頭兒，那個可愛的老東西在那兒？這兒好像一個人也沒有。拉達霞，再會！對啦，再會！

拉達霞　（進來）你並沒有問候我，怎麼你就對我說起再會來！

戲子　（攔住她的路）我要出門去，我要走啦……春天到了的時候，也許我不在這兒。

拉達霞　讓我進去！……你要上那兒去？

戲子　找那個城市……看病去……你也得走……「奧菲麗亞，你到尼姑庵裏去吧！」……你知道，有一所醫治身體機構，醫治酒徒的病院，一所美麗的大理石的病院……地板是大理石舖的！又亮……又清潔……吃的……全免費！地板是大理石舖的！我要找這個醫院去，我要把病看好……我要從新生活……像李耳王所說的……我已走上了自新之路……拉達霞，在舞台上我的名字是斯弗乞可夫・查瓦爾斯基……這個名字誰也不知道……誰也不知道！我在這兒沒有名字……你知道名字沒有了，這是怎樣一種侮辱？就是狗還有名字呢。

（拉達霞小心地朝戲子面前經過，在安娜的牀邊停住而且凝望着。）

戲子　沒有名字就沒有人。

拉達霞　瞧……哎喲……她死了。

戲子　（搖頭）不會的！

拉達霞　（退後）眞的！瞧！

卜布諾夫　（在門口）瞧什麼？

拉達霞　安娜……死啦！

卜布諾夫　那麼她不會咳嗽了。（走近安娜的牀，望一望，然後走近他自己的床舖。）咱們要告訴克勒斯奇——這是他的事情。

戲子　我去……說……安娜的名字算完結了！（退場）

拉達霞　（在屋子中間）我也……有一天……同樣要給帶到地下室去……給人家打死。

卜布諾夫　（把幾種破布鋪開在他的牀上）什麼？你在咕嚕些什麼呀？

拉達霞　沒有什麼，不過自言自語罷了。

卜布諾夫　你是在等伯伯爾嗎？當心，要不然，他可要把你的腦袋打破。

拉達霞　誰打破我的不是一樣嗎？還是讓他打破的好。

卜布諾夫　（躺下）呃，那是你的事情。

拉達霞　安娜還是死了的好……可是這是挺難過的……天呀！她活着有什麼意思呢？

卜布諾夫　大家全一樣，他們生，他們活，然後他們死。我也會死……你也會死……這有什麼難過呢？

（路迦，韃靼人，克利瓦依，和克勒斯奇登場。克勒斯奇跟在後面；他慢慢地走，好像縮起身子似地。）

拉達霞　噓！噓！安娜——

克利瓦依　咱們已經聽見了……要是她死啦，願她進天國去！

韃靼人　（對克勒斯奇）一定要抬出去！一定要抬到大門外去！這兒不可以放死人；這兒是活人睡覺的地方。

克勒斯奇　（低聲）咱們抬她出去。

（大家走近牀前。克勒斯奇越過其餘的人的肩膀望他的妻子。）

克利瓦依　（對韃靼人）你想她有臭味兒嗎？她身上不會有臭味兒的！……她活着的時候，她全身已經幹癟啦。

拉達霞　天呀！他們一點兒也不覺得可憐……誰也不說一句親切的話！哦，你們這些人！

路迦　姑娘，別生氣——這沒有什麼！幹嗎他們會——幹嗎！咱們會可憐死人呢？哦，好孩子！咱們不可憐活人……咱們就是對自己也不覺得可憐。說這樣的話，有什麼意思？

卜布諾夫　（打呵欠）呵，死把咱們說的話，看得一個屁也不值。生病也許怕聽咱們說話，死——可是不！

韃靼人　（走開）一定要叫警察。

克利瓦依　當然要叫警察！克勒斯奇！你通知過警察沒有？

克勒斯奇　沒有。……喪事是要辦的……可是我攏總只有四毛錢。

克利瓦依　那麼，只好借債……不然的話，咱們就把錢拼起來……有的人出五分，有的人能出多少就多少……可是要通知警察……趕快！要不然，他們會疑心你把這個女人謀殺的……或是什麼的。

（克利瓦依走到牀舖前，預備在韃靼人傍邊躺下。）

拉逹霞　（走近卜布諸夫的牀舖）呃，我一定會夢見安娜的……我老是夢見死人……我一個人不敢出去，外邊很黑。

路迦　（跟着他）最好你還是怕一怕活人……我老頭兒是不說假話的。

拉逹霞　老伯伯，你送我囘去。

路迦　好！……好！……我陪你走！（他們退塲）

（稍停）

克利瓦依　哈哈哈！阿三，老朋友，春天快來啦！……天氣又暖又舒服。在這個時候，農村裏邊的鄉下人要收拾他們的鋤頭跟鍬了……預備種田……對啦，他們要種田啦！可是咱們呢？阿三！……他睡着啦，這混蛋的傢伙！

卜布諾夫　韃靼人都喜歡睡覺。

克勒斯奇　（站在屋子中間，茫然地注視着）現在我怎麼辦呢？

克利瓦依　躺下來睡覺……這就完了。

克勒斯奇　（低聲）可是……她……把她怎麼樣？

（沒有人回答他。沙汀和戲子登場。）

戲子　（大聲）老頭兒！我忠心的肯特呀，到這兒來吧！

沙汀　米克路哈·瑪克勒來啦！……哈，哈！

戲子　我已經打定主意了！老頭兒，那個城市在那兒？……你在那兒？

沙汀　空中樓閣！老頭兒對你吹牛……這樣的東西是沒有的！沒有這樣的城市，沒有這樣的人……壓根兒什麼沒有！

戲子　你吹牛！

韃靼人　（跳起）老闆在那兒？我要上老闆那兒去，不能睡覺，就不能收錢……死人……酒鬼！

（他趕快退場，沙汀在他後面吹口哨）

卜布諾夫　（帶着睡聲）小夥子們，躺下吧；別鬧……夜啦；咱們要睡覺！

戲子　對啦……呀哈！……屋子裏有一個死人……伯，伯蘭格有這麼一句詩：「咱們的網打到了一個死人……」

沙汀　（大聲）死人聽不見！死人沒有感覺……你叫也好！……你吠也好！……死人聽不見！

（路迦在門邊出現。）

——幕——

第三幕

一塊堆積着各種破爛東西，生滿雜草的空地。後面，有一堵煉磚造成的，遮蔽天空的高牆。靠近它有接骨木叢。右邊，有一所算是車間或是馬房之類的建築物的黑色的板牆。左邊，有一堵灰色牆，上面還留着斑剝的粉飾；這堵牆是柯斯狄略夫的旅館的地下室的屋子裏的。它是斜造的，因此後面的一角差不多達到空地的中央。在這堵牆和紅磚牆之間，有一條狹的過道。灰色牆上有兩個窗。一個和地面平行，另外一個靠近煉磚牆，比地面高出四尺多。灰色牆傍邊，放着一輛翻着的雪車和一根約有六尺長的木料。靠近右牆，有一堆舊木板和柵木。黃昏；太陽剛下去，紅色的光輝照射在煉磚牆上。初春；雪不過近來纔融，接骨木的黑枝椏還沒有吐芽。拉達霞和娜斯佳並排地坐在木料上。路迦和男爵坐在雪車上。克勒斯奇躺在靠近右牆的木堆上。在和地面平行的窗子裏，現出卜布諸夫的臉孔。

娜斯佳 （閉着眼睛，合着說話的拍子搖頭，她用朗誦歌曲的語調說。）那麼，照我們約好的那樣，晚上他到了花園裏的涼亭上……我早就在那裏等着他，獨個兒又害怕，又擔心，身子索索的發抖。他也全身發抖，臉色白得就跟粉筆似的，我低頭一看，只見他的手裏抓住一把手槍……

拉達霞　（用牙齒嚼着向日葵子）好，好！人家說大學生都是不要命的，果然不錯。

娜斯佳　他還用一種恐怖的聲音這樣對我說：「我的好寶貝！」

卜布諾夫　哈，哈！好寶貝嗎？

男爵　別響！要是你不喜歡聽，那你就不用聽；你可別把他撒的謊打斷——說下去！

娜斯佳　他說，「我嬌滴滴的心肝！我父母不贊成我娶你……而且，爲了這個關係，他們威脅我，要把我一輩子趕出去。這麼一來，我只好自殺……」他那把手槍可大極了，裏邊還裝了十粒子彈……然後他說，「我親愛的朋友，再會吧！我的決心是不可挽回的了……沒有你我就活不下去。」我就回答他說：「我忘不了的朋友……羅爾啊……」

卜布諾夫　（訝異）什麼？怎麼啦？克洛爾嗎？

男爵　（大笑）可是，娜斯佳！上次，你知道，你叫他做甘斯東呢！

娜斯佳　（跳起）不要響……你們這班壞蛋！哦……你們這夥野狗！你們……你們懂得……愛情嗎？眞正的愛情？我的愛情才是眞正的愛情！（對男爵）你這個沒有出息的東西！……你算是受過教育的人麼……你還說你以前躺在牀上喝咖啡。……

路迦　喂，你們這班人，別說話！你們別打擾她！尊重她的感情！……說話是沒有關係的；

重要的是，爲什麼說話！好姑娘，繼續把你的故事說下去：不錯！

卜布諾夫　小烏鴉，理一下你的羽毛：說吧！

男爵　呃——說下去！

拉達霞　別聽他們的話！……他們算得了什麼？他們這樣鬧，因爲他們要吃乾醋罷了……他們對於自己的事情就沒有什麼好說，所以胡亂打諢。

娜斯佳　（再坐下）我不想再說了！要是他們不相信我……要是他們那麼笑我，我不說了。（突然停止不說，她沉默幾秒鐘；然後，她再閉緊眼睛，用高大的，熱烈的調子繼續說，揮着手以合她的說話的節拍，似乎她在傾聽遠處的音樂。）後來我這麼回答他：「我生命中的歡樂！我的明月！沒有你，我在這個世界上也簡直活不下去……因爲我這麼瘋狂的愛你，還又因爲只要我有一口氣的時候，我都是愛你的！不過你要保重你那年青的身體，不要糟塌自己……你父母需要你的生命，你是他們唯一的歡樂……還是丟開我吧！還是讓我……爲你生相思病死掉吧，我的生命……我是一個孤兒，我生成命苦！丟開我吧……讓我死掉算了——這沒有關係！我……活在世上，壓根兒沒有用處……我什麼也沒有……什麼也沒有……」（用手掩面，不出聲地哭泣。）

拉達霞　（轉開，低聲說。）別哭！……你不用哭！

（路迦，微笑着，撫摸娜斯佳的頭。）

卜布諾夫　（大笑）哈，哈，她不是在活見鬼嗎？

男爵　（也笑）老伯伯，你以爲這是眞的嗎？這完全是她從那本「薄命緣」上面看來的……完全胡說！隨她去吧！

拉達霞　關你什麽事？別響，你……這個天收的東西！

娜斯佳　（氣憤地）死人！無聊的東西！你的魂魄到那兒去啦？

路迦　（拉住娜斯佳的手臂）好姑娘，咱們走吧！不要緊！……別生氣！我知道……我相信你！你對，他們不對……要是你相信你有眞愛情的話……那麽你就有！你有過的！你別生他的氣，他是你的同屋住的人……也許他笑你是由於吃醋……也許他從來就沒有過眞正的愛情……完全沒有！走吧！

娜斯佳　（把自己的兩手緊壓在胸上）老伯伯，這件事情是眞的！完全是眞的！……那個大學生……是一個法國人……他的名字叫做甘斯東……他有一點兒小黑鬍髭……穿一雙漆皮鞋……要是我撒謊的話，那麽天雷就會當場劈死我！他是這樣的愛我……這樣的愛我！

路迦　我知道！不要緊！我相信你！你說穿漆皮鞋嗎？哦，對啦；哦，對啦！呃，你也愛他嗎？（他們繞着角隅走出）

男爵　呃，那個姑娘眞傻……人倒是好，可是傻。傻得我受不住！

卜布諾夫　幹嗎人人都這麼愛撒謊？他們老是這麼幹，好像他們在回答審判官似的……眞的！

拉達霞　撒謊好像比說老實話更有趣兒……我也……

男爵　也什麼？說下去！

拉達霞　我在想着好些事情……我一面想着，我一面還等着。

男爵　等着什麼？

拉達霞　（無心的微笑着）不過等着……比方說，我想：明兒……有人會來……什麼奇怪的人……或是有什麼事情……也是什麼不平常的事情……我等着很久啦……一直等着……可是實際上……有什麼好等呢？

（稍停。）

男爵　（苦笑）沒有什麼好等……我什麼也不等！一切的事情全完了……全過去了！……說下

去！

拉達霞　後來，我又想……明兒……我會忽然死去……這樣一來，我便覺得毛骨悚然……夏天夢想死是很有意思的……夏天常有雷雨……你隨時可以觸電。

男爵　你的日子眞不容易過……你姊姊的脾氣就跟魔鬼的一樣！

拉達霞　可是誰的日子是容易過的呢？照我看起來，個個人都沒有好日子過。

（直到這個時候爲止，克勒斯奇什麼都不知道，動也不動。現在他忽然跳起。）

克勒斯奇　個個人嗎？你撒謊吧？不是個個八！要是個個人都是這樣的話，那有什麼要緊！那還發什麼牢騷！不會的！

卜布諾夫　你給什麼鬼迷住了呀？你好像狗叫似的！

（克勒斯奇再在他原先的地方躺下，嘴里嘰咕着。）

男爵　呃，我要去跟小娜斯佳講一講和……要是我不講和的話，那她就不會把喝酒的錢給我。

卜布諾夫　哼……人人都愛撒謊……呃，怪不得娜斯佳也愛撒謊！她的臉孔老愛搽粉，所以她也想替她的靈魂搽粉——這就是說替她的靈魂搽點兒胭脂……可是……幹嗎其餘的人都要這樣呢？就拿路迦做比方說吧……他說一大堆的謊……對他自己毫無好處……他已經是一個老頭兒……幹嗎他要這樣呢？

男爵　（苦笑著走開）大家的靈魂都是灰色的……所以每個人都想打扮得漂亮點兒。

路迦　（從角隅上走來）男爵，幹嗎你要逗那個姑娘？你不應當打攪她……要哭的人，就讓她哭一哭，她就痛快了……你知道，她只是自己高興流眼淚吧了。這對於你有什麽妨害呢？

男爵　老頭兒，別說傻話！我早就討厭她……今兒跟羅爾好，明兒跟甘斯東好……可是總是這麽一套！但是，我要去跟她講一講和。（退場）

路迦　去吧，不錯……去痛一痛她吧！痛一個人是決不會有害的。

拉達霞　老伯伯，你眞是一個親切的人……幹嗎你這麽親切呢？

路迦　你說親切嗎？那麽……不錯；如果是這樣的話，那很好！（從紅牆後，傳出手風琴和歌唱的低微的聲音。）姑娘，總得有一兩個人對人家親切……咱們必須憐憫人！耶穌憐憫所有的人而且教咱們學他的樣……所以我說：要是你有機會的話，你就該憐憫人……那就會有好報應的。……譬如說，從前，我在靠近托姆斯克的一個工程師的別墅裏做門房……

呃，不錯！那所房子是在一座樹林裏，是一個很荒凉的地方……那時候正是冬天，屋子裏只有我一個人……眞好，眞有意思！有一天我聽見響聲，有人偷偷的溜進來！

拉達霞　小偷兒嗎？

路迦　對啦。偷偷溜進來的當然是小偷兒！……我便拿着我的槍走出去看……我看見有兩個人，在開窗——他們一味忙着，沒有瞧見我。我就大聲一喝：「喂，滾吧！」……他們原來拿着斧頭，朝我走過來……我立刻警告他們說：「站住！要不然我馬上開槍了！」……我先把槍對住一個人，然後對住第二個人。他們就跪下來求饒。可是，那個時候，我非常冒火兒——你知道，就爲了那把斧頭！我說，「你們這兩個壞蛋呀，我本來叫你們滾蛋的，你們不滾……現在，我不輕易放你們走，你們倆裏邊，誰去把幾根樹枝折來。」他們就去把樹枝折來了。那麼我吩咐他們說：「你們倆裏邊，一個人躺下來，另外一個人鞭他！」他們照着我的吩咐彼此鞭打過了。在吃過這頓打以後，他們就對我說：「老伯伯，看耶穌的面，給我們一點兒麵包吃吧！我們的肚子餓死了。」姑娘，這就是賊……（笑）他們還是拿斧頭的呢！是的，他們倆都是好好的鄉下人……我對他們說：「你們這兩個壞蛋，你們早就該向我討麵包呀。」他們說：「我們不敢討了。討來討去，就沒有人給你什麼東西……所以只好做賊了！」他們就那麼跟我就過那個冬天，這兩個人，有一個叫做斯狄潘的——他常常拿槍到森林裏去打獵……另外那個叫耶可夫，他常常生病，老是咳嗽……我們三個人就這麼看顧那所房子。春天到了的時候，他們對我說：「老伯伯，再會吧！」然後他們就到俄羅斯流浪去了。

拉達霞　他們是逃出來的犯人嗎？

路迦　完全對啦——是逃出來的犯人；他們是從一個監獄裏逃出來的……他們是好好的鄉下人！……要是我不憐憫他們的話，也許他們一定會弄死我……或者幹出更壞的事情……然後吃官司，坐牢，充軍到西伯利亞——可是這有什麼用處呢？牢獄不能教你學好，西伯利亞也不能教你學好……教你學好的還是人……人才能夠教你學好……這是一件很明白的事！

（稍停。）

卜布諾夫　對，對啦……可是我不知道，爲什麼緣故，我總不會撒謊！撒謊有什麼意思？我覺得人應該把所有的眞實，原原本本地說出來！有什麼好顧忌的呢？

克勒斯奇　（突然地再跳起來，好像給火燙了似地，大聲說。）什麼眞實？眞實在那兒？（兩手撕開他身上的破衣）這兒才是眞實！沒有工做！沒有氣力！眞實！沒有安身的地方，沒有安身的地方！只有死路一條——這就是眞實！他媽的！眞實對我有什麼，什麼用處？讓我痛快的透一透氣，就是一回兒也好！怎麼可以怪我？……幹嗎我要他媽的什麼眞實？我活不了——他媽的！——我活不了！……這就是眞實！

卜布諾夫　好哪，好哪！他發神經病啦！

路迦　救主耶穌呀！……你聽，我的朋友！你——

克勒斯奇　（興奮得發抖）你不斷地說：「眞——實！」老頭兒，你誰都安慰……可是我告訴你，我誰都恨！這也是眞實——眞實是該死的東西！你明白嗎？收回去吧！該死的眞實！（他一面向角落跑去，一面回頭看。）

路迦　哈，哈，哈！這位老兄多麼興奮啊……他跑到那兒去了？

拉達霞　他好像瘋了似的。

卜布諾夫　眞有一手！就好像他在台上做戲似地……他常常這麼樣……他對世界上的事情還不慣。

伯伯爾　（慢慢地角落裏登場）你們大家都好！喂，路迦，你這個老滑頭，又在瞎說八道嗎？

路迦　你該瞧瞧……剛才有人在這兒大吵大鬧呢！

伯伯爾　是克勒斯奇不是？他怎麼啦？他好像熱水燙了似地亂跑。

路迦　要是你心裏也那麼樣難過的話，那你也會亂跑……

伯伯爾　（坐下）我不喜歡他……脾氣又不好，又驕傲。（模做克勒斯奇）「我是一個工人。」他以爲此外的人誰都不如他……要是你喜歡工作，你工作好啦……可是幹嗎你要驕傲呢？要是你只靠工作去估價人的話……那麼，一匹馬比什麼人都來得強；它只是拖東西——一點聲音也沒有！拉達霞，你家裏的人都沒出去嗎？

拉達霞　他們上墳去了……回頭他們還要去做通宵的禮拜。

伯伯爾　哦，這麼，那你有空呀……眞難得！

路迦　（深思地，對卜布諾夫。）你……所說的……眞實……你所說的眞實並不是治人的萬靈藥……你不能夠老是用眞實去替一個靈魂治病……就拿這件事情做比方說吧：我知道有一個人，他相信「正義之國」……

卜布諾夫　相信什麼呀？

路迦　「正義之國」。他以爲世界上某一個地方，一定有一個「正義之國。」……在那個國家裏邊，有一種特別的人……好人。他們彼此恭敬；他們就是做一件小事也彼此幫忙……在那個國家裏面，什麼都好，什麼都妙！所以那個人老是想去……找那個「正義之國」。可是他是一個窮人，日子過得很苦……就是在他的境遇苦得只好叫他躺下來等死的時候，他決不灰心，而只是一味苦笑着不斷地說：「不要緊！我要忍耐！我要再等一些時候，然後——我要拋棄這樣的生活——我要到「正義之國」去……」他唯一的快活——就是那個國家。

伯伯爾　那麼，他去了嗎？

卜布諾夫　那兒去？哈，哈！

路迦　呃，就是在那個時候——這件事情是在西伯利亞發生的——有一個學者充軍到那邊去……那個學者帶着書籍和地圖，他是博學多才的人……我剛才所說起的那個人，就對學者說：「請你告訴我，「正義之國」在那兒，並且怎麼可以上那兒去？」學者立刻把他的書打開，把他的地圖攤開……他看了又看——可是什麼地方都沒有什麼正義之國！所有的國家都註明在地圖上，只是沒有正義之國！

伯伯爾　（低聲）哦？沒有麼？

（卜布諾夫哄笑。）

拉達霞　不要響……老伯伯，後來怎麼樣呢？

路迦　那個人不相信……他說，「一定有這麼一個國家；再找找看！要不然，如果沒有「正義之國」，那你的書籍跟地圖是靠不住的」……那個學者掛火兒了。他說，「我的地圖是再正確沒有的，不論那裏都沒有「正義之國」。呃，後來，這個人也生氣了——他怎麼能不生氣呢？他一直活下來，一直忍受下來，就因爲相信有這麼一個國家；可是地圖上沒有！「你這個強盜！」……於是乎他對那學者說：「哦，你……這個壞蛋！你是一個流氓，你壓根兒不是一個學者。」於是乎他打他一個巴掌，然後他再給他一個巴掌！（稍停）自後他就跑回家去——吊頸死啦！

（大家都沉默着。路迦微笑地望着伯伯爾和拉達霞。）

伯伯爾　（低聲地）媽的！……這些話一點兒趣味也沒有。

拉達霞　那個人受了騙，耐不住。

卜布諾夫　（抑鬱地）這事情壓根兒是廢話……

伯伯爾　好啦，好啦！……什麼「正義之國」……這樣的國家是沒有的。

拉達霞　我眞可憐……那個人。

卜布諾夫　這些話全是他編出來的！哈哈！「正義之國」！有什麼用，走開吧，哈，哈，哈！（從窗口縮進頭去。）

路迦　（對住卜布諾夫探頭出來的窗子點頭）他好笑！嘻，嘻，嘻！（稍停）呃，小夥子們！……祝你們發福發財！我不久就要離開你們啦。

伯伯爾　這一次你上那兒去？

路迦　上小俄羅斯去……我聽說他們在那邊創造了一種新宗教……我要去瞧一瞧……對啦，瞧一瞧！人類老是找尋，老是想得到好一點兒的東西……上帝，求你把忍耐賜給他們！

伯伯爾　你看他們找得着嗎？

路迦　誰——人類嗎？他們會找着的！誰始終找求的，誰就找得着……誰的心堅，誰就找得着！

拉達霞　要是他們找得着什麼東西……想得出更好的事情……

路迦　他們會想到的！所以咱們要幫助他們，姑娘……咱們要敬重他們。

拉達霞　我怎麼能夠幫助人家呢？我自個兒也沒有辦法。

伯伯爾　（堅決地）我再……拉達霞，我再跟你講一次……現在，當老伯伯的面談一談吧……他什麽都知道。你跟我一起走吧！

拉達霞　上那兒去？去坐牢嗎？

伯伯爾　我對你說過了我不做扒兒手啦！真的——我不幹了！我說得到，做得到！我知書識字，……以後我要做活了……他勸咱們照自己的意思上西伯利亞去……呃，讓咱們上那兒去吧！好不好？你以為我不討厭我自個兒的生活嗎？哦，拉達霞！我知道……我完全明白！……許多人偷的比我更多，而他們還受到別人的尊敬，想到這一層，我自己覺得安慰……不過這層對我沒有幫助！這不是我所想的！我當然不是後悔……我也不相信良心……可是——我只是覺得這樣下去總不是事：我要活得……兩樣點兒！我要活得好一點兒！我要活得……我能夠尊重我自個兒。

路迦　對啦，好孩子，你應該這樣！上帝和基督會幫助你！對啦：一個人要尊重自己。

伯伯爾　我從小就做扒兒手……大家都叫我做小扒兒手伯伯爾，老扒兒手的兒子伯伯爾！好笑？是嗎？那麽——好！我就是扒兒手！要知道：也許我是恨透了才做扒兒手的……並不是出於本性，因為沒有人想到叫我別的名字，我就索興做扒兒手的……喂，拉達霞，你叫我另外的名字吧，好不好？

拉達霞　（悲切地）我總覺得不能相信你……今兒我心裏又煩得很……我難受死了……好像我在等候什麼的。伯伯爾，今兒你對我說這樣的話就不湊巧。

伯伯爾　什麼時候我好對你說這樣的話呢？我又不是頭一次這樣說。

拉達霞　幹嗎我要跟你走？你瞧……到底……我不大愛你……有時候，我喜歡你……可是有時候我看見你就討厭……這是十分明白的：我不愛你……要是一個姑娘愛上一個男子的時候，她決不會看出他的缺點來……可是我看到你許多缺點。

伯伯爾　你將來會愛我的：這層你不用怕！我會教給你來喜歡我……你只要聽從我得啦！我注意你有一年多啦……我知道你是一個老實的姑娘……一個好姑娘……一個可靠的人……我愛你愛得不得了！

（瓦西里莎穿着漂亮的衣服，在窗口出現，站在靠近側柱邊傾聽。）

拉達霞　是的。你愛上了我，可是我姊姊——

伯伯爾　（狼狽地）咄，她算什麼？她那樣的人……多的是。

醫迦　姑娘，你別擔心！要是沒有麵包的時候，咱們還有草根吃……要是壓根兒沒有麵包的話……

伯伯爾　（陰鬱地）請你可憐可憐我吧！我這樣的生活下去，一點趣味也沒有……這是豺狼過的生活——一點兒快活也沒有……我好像摔在爛泥坑裏：無論我抓住的什麼東西都是爛的……沒有東西是靠得住的……我覺得你姊姊是兩樣的……要是她不那麼貪錢，一切聽從我，那麼，爲了她的緣故……我什麼都肯幹！可是，她有各種各式的慾望……她要錢……她還要行動自由……她行動有了自由就好去……做蕩婦。她決不能幫助我……可是你像一條小松樹；你雖然有刺，但是很可靠。

路遡　姑娘，你聽我說：嫁給他，嫁給他！他是一個老成的少年，一個好人！你只要時時提醒他是一個好的青年，叫他不要忘記，你知道！他會相信你……你只消不斷地對他說：「伯伯爾，你是一個好人——你可別忘啦！」小寶貝，你想一想，要是你不嫁給他，你上那兒去呢？你姊姊是一條野獸，我就不用說到她丈夫：那個老頭兒壞到沒有話好說！……那麼再瞧瞧這兒的生活！……你上那兒去！可是這個小夥子是一個壯健的人。

拉達霞　我沒有地方好去……我知道……這件事情我也想過……可是主要的是——我不相信誰……但是我沒有地方好去。

伯伯爾　有一條路……呃，我可不讓你走那條路……我寧可殺死你。

拉達霞　（微笑）勁兒啦！我現在還沒有做你的老婆，你就已經要殺我了。

伯伯爾　（摟抱她）拉達霞，算了吧！並沒有什麼兩樣。

拉達霞　（靠在他身上）那麼，我要對你說一件事，伯伯爾——我老老實實對你說，就跟我向上帝發誓一樣！——要是你打我一次……或是有什麼對不住我的地方……我是不會顧到自己性命的：我會吊頸死，或是——

伯伯爾　要是我碰你一下，我的胳膊也會爛掉！

路迦　沒有關係：小寶貝，你別擔心！他需要你比你更需要他！

瓦西里莎　（從窗口）嗨，訂起婚來了！多情嘞，耍好嘞！多熱鬧呀！

拉達霞　啊喲，你們已經回來啦！……哦，天呀！他們瞧見我們啦！……哦，伯伯爾！我怎麼辦呢！

伯伯爾　你怕什麼？現在誰也不敢來碰你一下！

瓦西里莎　拉達霞，你別害怕！他不會打你……打你，愛你，他都辦不到……我知道！

路迦　呀，那個女人！……她是一條毒蛇！

瓦西里莎　他不過嘴裏說得好聽罷了。

柯斯狄略夫　（從屋子裏出來）拉達霞，你這隻懶貨，你在這兒幹什麼？聊天兒嗎？搬你自己人的是非嗎？茶炊沒有預備，桌子沒有收拾！

拉達霞　（正要走）你們不是要到教堂裏去的麼……

柯斯狄略夫　我們去不去，不關你的事！你該去做你的事體，吩咐你做什麼，就得做什麼！

伯伯爾　放屁，你！她不再是你的老媽子啦……拉達霞，別走！……你不用做什麼！

拉達霞　你別下命令！……還早着呢！（退場）

伯伯爾　（對柯斯狄略夫）你得了吧！你把這個姑娘……也磨折得夠了！現在她是我的！

柯斯狄略夫　你——的？你幾時買她的？你付過多少錢？

（瓦西里莎哄笑。）

路迦　伯伯爾！你還是出去吧。

伯伯爾　你這兩個傢伙會笑，留神點兒！馬上叫你們哭！

瓦西里莎　哎喲，我嚇死哪！哎喲，我怕死哪！

路迦　伯伯爾，走吧！你沒有看出她在弄慫你嗎？她要弄得你跳起來——你不明白嗎？

伯伯爾　對啦……哈哈！她吹牛！（對瓦西里莎）你吹牛！你所想的事情是辦不到的！

瓦西里莎　伯伯爾，我所不想的事情也是辦不到的！

伯伯爾　（對她揮動拳頭）咱們瞧着吧。（退場）

瓦西里莎　（從窗口隱去）這次的喜事，我要給你們弄得體體面面的！

柯斯狄略夫　（走近路迦）老頭兒，怎麼樣？

路迦　老頭兒沒有什麼！

柯斯狄略夫　不錯……他們說你要走，是不是？

路迦　住了不少時候啦。

柯斯狄略夫　上那兒去呢？

路迦　走到那兒算到那兒。

柯斯狄略夫　這近乎過流浪的生活……我覺得叫你老就在一個地方，你是就不慣的：是不是這樣？

路迦　不動的石頭下面，照他們說，是沒有活水流出來的。

柯斯狄略夫　那是一塊石頭。一個人可得要住一個地方……咱們人不能像蟑螂似地過活……

想爬到那兒就爬到那兒……一個人應當把自己安置在一個地方，不能慌慌忙忙地在世界上東飄西蕩。

路迦　要是一個人覺得到處可以爲家，那又怎麼樣呢？

柯斯狄略夫　那麼他是一個流浪漢……一個沒有用的人……一個人應當有點兒用處……應當幹活。

路迦　眞的嗎！

柯斯狄路夫　是的。當然。到底一個流浪者，一個異鄉人是什麼？他跟一般人不同，是一個奇怪的人，要是他眞是奇怪的話，那他就能知道一點兒事情……他就能發現一兩件人家用不着知道的事情……甚至他在流浪中發現眞實……呃，咱們用不着知道各種眞實——咱們用不着！他可以把這個眞實藏在他心底……不說出來！要是他眞是奇怪的話，那他就保守沉默！要不然，他只說些人家不了解的話……這種流浪人，什麼也不要，什麼事也不管，也不會無緣無故打攪人……人家怎麼過活，與他沒有關係……他自己過的是正直的生活……他在森林中，洞穴中過活……別人見不到他！他不會妨礙人，不責備人……只是替所有的人祈禱……替全世界的罪惡祈禱……替你的……替我的……替所有的罪惡祈禱！就爲了這個目的，他逃避塵世的虛榮……爲了祈禱。這才是正當的方法……（稍停）可是你呢？……你是怎樣一種流浪人？……你沒有護照……好人應當有一張護照……所有的好人都有護照……對啦，他們都有！

路迦　你說的這種人也有，可是，此外還有別種人。

柯斯狄略夫　你別裝聰明！你別把啞謎給我猜……我並不比你蠢……你說這種人，那種人是什麼意思？

路迦　這並不是啞謎。我的意思是說：有的土地不宜於播種……可是還有肥沃的土地；不論你在那上面栽種什麼，都會生長……就是這麼囘事。

柯斯狄略夫　什麼？你這句話是什麼意思？

路迦　就拿你做比方說吧……如果上帝親自對你說，「柯斯狄略夫，好好兒做一個人吧！」可是，結果一點兒用處也沒有……你永遠也改不了，就跟你現在這樣。

柯斯狄略夫　嗄？嗄？你知道我女人的叔叔是一個警察嗎？如果我——

瓦西里莎　（登場）柯斯狄略夫，來喝茶吧。

柯斯狄略夫　（對路迦）喂，你！滾出去！離開這所屋子！

瓦西里莎　對啦，老頭兒，你走吧！……你的舌頭太長了……誰知道呢？也許你是一個逃犯。

柯斯狄略夫　你今兒就給我走！不然的話，我就要——你留神點兒！

路迦　你要叫你的叔叔嗎？請吧！……去對他說你抓住了一個逃犯……你叔叔可以領到一筆賞格——三個子兒！

卜布諾夫　（在窗口）你在這兒做什麼買賣？幹嗎他要拿三個子兒？

瓦西里莎　（對她的丈夫）走吧！

路迦　他們嚇唬我，說是要把我賣掉。

卜布諾夫　賣三個子兒嗎？喂，老頭兒，留神點兒！……也許只把你賣一個子兒。

柯斯狄略夫　（對卜布諾夫）你像一個小鬼從火坑下面伸出頭來似的瞧着咱們！（他跟他妻子一塊出去）

瓦西里莎　世界上陰險的人跟壞蛋眞是多得不得了！

路迦　希望你們多喝幾盅！

瓦西里莎　（轉過身來）不用多說……你這個臭老頭兒！（她和她丈夫沿着基角退場）

路迦　我今兒晚上就走。

卜布諾夫　不錯。在恰當的時候走總是好的。

路迦　你說得對。

卜布諾夫　關於這件事情我有經驗。從前因爲我走得恰當，所以我沒有坐牢，也沒有做苦工。

路迦　怎麽說？

卜布諾夫　眞的。事情是這麽的：我女人跟一個夥計搭上了……說老實話，那個夥計是一個能幹的人……他有一樣最大的本事：就是把狗皮染成熊皮……把貓皮染成——袋鼠皮……麝鼠皮……染成別的舊皮。他很聰明。我的女人就跟他搭上了……他們兩下裏打得那麽熱，隨時他們可以毒死我，或是用別的方法謀害我。我打我女人……那個夥計可來打我……兩下老是吵鬧！有一次他把我的鬍髭給拉掉了一半，還把我的肋子骨打斷了一條。我氣得要命……有一次我用一條鐵棍打我女人的腦袋……簡直大打了一場！可是我想這不是辦法……我打他們不過！於是乎我就決心謀死我的女人……準定這樣幹！可是我當機立斷地收了手——我走了。

路迦　這個法子好得多！讓他們就在那兒把狗皮染成熊皮吧！

卜布諾太　只有一件事情……那家舖子是我女人出面開的……我現在却弄成這付難看的樣子！可是，說句老實話，那家舖子要是我開的，那我早就把它喝得精光了，你知道，我有酒癮。

路迦　有酒癮嗎？哈哈！

卜布諾夫這癮大極了！我一開始鬧酒的時候，我就不顧死活地喝，喝得只剩一層皮……加上我跟個人又懶。我碰到做活就頭痛！

（沙汀跟戲子吵着上。）

沙汀　胡扯！你那兒也去不了！……這全是夢話！喂，老頭兒：你把什麼東西，塞到這個破臘燭頭的耳朵裏邊去了？

戲子　你住嘴吧！老伯伯，你對他說你沒有吹牛；我要走啦！我今兒做過活：我掃過街……我並沒有喝酒！怎麼樣？我賺到三毛錢，而且我沒有喝酒！

沙汀　扯蛋！把錢給我：我去喝掉它，要不然，我拿去打牌。

戲子　你滾開！這是旅費！

路迦 （對沙汀）幹嗎你逼得他發野呢？

沙汀 算命先生，你這位神靈喜歡的人啊，請你把我的前程告訴我吧！朋友，我的家財全給打牌輸光啦。我傾家敗產了，我還是不捨得走。老伯伯：世界上有比我更聰明的騙子。

路迦 沙汀，你是一個有趣的傢伙；一個好人！

卜布諾夫 戲子，你到這兒來！

（戲子走到窗口，在窗面前蹲下。他們低聲說話。）

沙汀 我小時候，朋友，是一個很有趣的人！我很喜歡想起那時候的情景！……我是一個活潑的孩子……舞跳得好，戲演得好，老愛弄得人家發笑……眞好玩兒！

路迦 你怎麼會落魄到這個地步呢？嗄？

沙汀 你這老頭兒，總是這樣喜歡問長問短的？你什麼都想知道……這有什麼意思呢？

路迦 我想知道知道人事……可是我瞧見你的時候，我就不懂得你！沙汀，你是一個精明的傢伙，一點兒也不笨——可是……

沙汀 老伯伯，這是坐牢的關係。我坐了四年零七個月的牢……從牢裏放出來以後，我就沒有地方好走了！

路迦　喂！你幹嗎坐牢的？

沙汀　爲了一個壞蛋的緣故……我在氣頭上把一個壞蛋宰了……我在牢裏學會了打牌。

路迦　你是爲了一個女人把他殺死的嗎？

沙汀　爲了我的親妹妹……你得了吧！我不喜歡人家問我……而且……這是很久以前的事……我妹妹死了……九年已經過去了……此後……好朋友，我妹妹是一個標緻的姑娘！

路迦　你還是一個很達觀的人！幾分鐘以前……那個鎖匠在這兒大吵……聲勢眞兇！

沙汀　克勒斯奇嗎？

路迦　對啦。他大聲嚷着說，「沒有工做！壓根兒什麼也沒有！」

沙汀　他以後就會慣的……我將來做點什麼好呢？

路迦　（低聲）瞧！他來啦！

（克勒斯奇垂着頭，慢慢地進來。）

沙汀　喂，老鰥魚！幹嗎你這樣垂頭喪氣？你在想什麼呀？

克勒斯奇　我在想……現在我怎麼辦。我的傢伙沒有啦……喪事把什麼東西都給弄光了！

沙汀　我勸你！什麼也不要做！只要活在世界上得啦！

克勒斯奇　不錯！……談天說地過下去……我沒有臉皮見人。

沙汀　得了吧！人家並不會，因為你的生活過得比狗的不如就來恥笑你……你想想！你不做工，我也不做工……成千成萬的人……大家——你明白嗎？——大家都不做工！誰都不高興做什麼——那麼會怎樣麼？

克勒斯奇　大家都要餓死。

路迦　（對沙汀）最好把這樣的話，對逃避派說……有這麼一種人；人家叫他們做逃避派。

沙汀　我知道……老伯伯，他們並不是傻瓜。

（從柯斯狄略夫的窗口，傳出拉達霞的聲音：「做什麼？停手吧！做什麼？」）

路迦　（不安地）是拉達霞不是？是她在叫嗎？呃？哦，你——

（從柯斯狄略夫的屋子裏，傳出一陣混亂的喧嘩，夾着打碎器皿的聲音，以及柯斯狄略夫的刺人的說叫：「哦哦！……你這個怪物……你這個爛貨。」）

瓦西里沙　慢着！……停一停！我來揍她！……呀……呀！

拉達霞　他們打我呀——他們打死我哪！

沙汀　（對住窗口叫）喂，你們怎麼啦！

路迦 （慌張）找伯伯爾去！咱們一定要叫伯伯爾！……哦，天呀！諸君！……列位！

戲子 （跑出去）我馬上去……叫他！

卜布諾夫 近來他們老打她。

沙汀 喂，老頭兒！……咱們做見證人！

路迦 （跟在沙汀後面）我做什麼見證人！這有什麼用！……最好趕緊把伯伯爾找來。

拉達霞 姊姊！……好姊姊！……瓦——西——里——里——里——（還沒有喊完就突然悶住。）

卜布諾夫 他們堵住她的嘴……我去瞧瞧。

（柯斯狄略夫屋子裏的鬧聲平息下去，顯然這是從室內退到戶外去了。柯斯狄略夫大聲叫着說：「停手！」一扇門使勁地關上，這個聲音突然把所有的鬧聲切斷。舞台上沉寂起來。薄暮的景象。）

克勒斯奇 （他茫然地坐在木堆上面，使勁地擦着他的雙手。他開始喃喃地說，起初模糊，然後清楚。）那麼怎麼呢？……一個人非活下去不可……（大聲地）我需要一個安身的地方……不是嗎？沒有安身的地方……什麼也沒有！孤零零的一個人……眼面前有許多人，却沒有一個人可以幫忙！

（他彎着身子慢慢地出去。有幾秒鐘的凶兆的沉默。然後在過道的什麼地方，傳出一陣低抑的噪音，一陣混亂的聲音。它逐漸高起來，逐漸近起來。個別的聲音聽得淸淸楚楚。）

瓦西里莎　我是她姊姊，放了她吧！

柯斯狄略夫　你有什麼權利？

瓦西里莎　犯人！

沙汀　叫伯伯爾！……趕快！克利瓦依，揍他！

（警察叫鞭的聲音。）

韃靼人　（從屋子裏跑進來，他右手紮着綳帶。）你在淸天白日殺人，有這樣的法律嗎？

克利瓦依　（進來，梅得魏多夫跟在他後頭。）呃，我揍了他一下！

梅得魏多夫　你爲什麼要打架？

韃靼人　你？你有什麼職務？

梅得魏多夫　（追趕克利瓦依）站住！把我的叫鞭還我。

柯斯狄略夫　梅得魏多夫！逮住他！……抓住他！他打死我啦。

（克瓦西尼亞和娜斯佳，扶着披頭散髮的拉達霞從基角裏登場。沙汀退着走上來，擋開舉起手來想打妹妹的瓦西里莎。阿略西卡好像發狂似地，圍住瓦西里莎亂跳，在她耳邊吹口哨，高聲嚷而且吠。然後還有幾個穿着破衣服的男女登場。）

沙汀　（對瓦西里莎）你上那兒去？你這隻該死的貓兒頭！

瓦西里莎　犯，你跟我滾吧！如果我要自殺的話，那我就要把她撕成幾塊。

克瓦西尼亞　（扶拉達霞走開）夠啦，瓦西里莎；難道你不怕丟臉嗎！你怎麼這麼狠呀？

梅得魏多夫　（抓住沙汀）哈哈！……我逮住了你吧！

沙汀　克利瓦依，剝掉他們的皮！……伯伯爾！……伯伯爾！

（大家都在靠近紅牆的過道週圍擠成一堆。他們扶拉達霞到右邊，把她安坐在木堆上。伯伯爾從過道裏衝進來，並且不出聲地使勁把人羣推開。）

伯伯爾　拉達霞在那兒？你——

柯斯狄略夫　（躲到角落裏去）梅得魏多夫！抓住伯伯爾！……大家幫忙把伯伯爾抓住！他是一個小偷兒……一個強盜！

伯伯爾　你是一個老無賴！

（他很命地打柯斯狄略夫。這老頭兒倒下去，只看見他的上半身在角落裏。伯伯爾衝到拉達霞身邊。）

瓦西里莎　你們揍伯伯爾呀！諸位……你們揍那個小偸兒呀！

梅得魏多夫　（對沙汀大聲說）你不用管！……這是家事！他們大家是親戚——你是誰？

伯伯爾　怎麼樣啦——？她用什麼打你？用菜刀嗎？

克瓦西尼亞　你瞧這兩個畜生！他們用開水燙這個姑娘的腿！

娜斯佳　他們倒翻一壺開水。

韃靼人　也許是失手……應當調查淸楚……不要亂說話！

拉達霞　（差不多昏過去）伯伯爾……你帶我……藏到什麼地方去！

瓦西里莎　天呀！你瞧！他死啦！他們把他打死啦。

（大家圍住死在過道裏的柯斯狄略夫。卜布諾夫從人羣中擠出來，走到伯伯爾身邊去。）

卜布諾夫　（低聲地）伯伯爾！那老頭兒……呃……他已經拉倒啦！

伯伯爾　（他好像不大明白似地望住卜布諾夫）去……叫……馬車來……把她送到醫院裏去……對啦，費用我來出！

卜布諾夫　我告訴你：有人把那老頭兒打死啦。

（舞台上的鬧聲像潑了水上去的一陣火似地平息下去。我們聽見一句一句的低聲的驚嘆語：「眞的嗎？」「哎喲，要死！」「果然。」「咱們走吧！」「哦，這個死鬼！」「小心點兒！」「趁警察沒有來以前，咱們走吧！」人羣逐漸減少。大家都走了。卜布諾夫，韃靼人，娜斯佳和克瓦西尼亞衝到柯斯狄略夫的屍體面前。）

瓦西里莎 （從地上站起來，她帶着勝利的聲音嚷着說。）他們殺死他啦……殺死我丈夫啦！是那個人殺死他的！是伯伯爾殺死他的。我看見！諸位，我看見！伯伯爾，現在怎麽樣？警察！

伯伯爾 （離開拉達霞）讓我去！……滾開！（望一望那老頭兒，對瓦西里莎說。）怎麽樣？你快活嗎？（用脚踢一踢屍首）他蹺辮子啦……這隻老狗！你的目的達到了……好吧……我把你也幹啦，好不好？（他衝到她身邊去。沙汀和克利瓦依趕快把他捉住。瓦西里莎在過道裏隱去。）

沙汀 想一想你在幹什麽呀！

克利瓦依 嘩！你跑那兒去？

瓦西里莎 （重現出來）伯伯爾，我的小心肝，怎麽樣？你的運數到啦……警察！梅得魏多夫，你吹叫鞭呀！

梅得魏多夫 那夥狗蛋把我的叫鞭搶去啦，他媽的！

岡略西卡　這兒有！（他吹叫鞭。梅得魏多夫跟着他跑。）

沙汀　（扶伯伯爾向拉達霞走去）伯伯爾，別害怕！吵架打死人是小事兒！這算不了什麼。

瓦西里莎　把伯伯爾扣住！是他殺死他的……我親眼看見！

沙汀　我自己揍了那老頭兒三次……他經不起幾下就完啦！伯伯爾，叫我做見證人得啦。

伯伯爾　我不想替我自己辯解……我只想把瓦西里莎拖進去……我要這麼幹！她想這樣……她挑唆我去殺她丈夫……她挑唆我……

拉達霞　（突然地，大聲嚷着說。）哈哈……我懂啦！……原來這樣，伯伯爾！諸位，你們聽！他們一塊幹的！我姊姊跟他——他們一塊幹的！他們早就計劃好了！伯伯爾，是不是這樣？……所以你剛才那麼對我說話，你是有意叫她聽見的，是不是？諸位！我姊姊是他的姘頭……這是你們都知道的……這是誰都知道的……他們一塊幹的！是她——挑唆他去殺死她丈夫……她丈夫是他們的眼中釘……我也是他們的眼中釘…所以他們一味要弄死我。

伯伯爾　拉達霞，你這是什麼意思？……你在說什麼呀？

沙汀　他媽的，這是怎麼一回事！

瓦西里莎　不要胡說！她吹牛……我……不是我　是伯伯爾，是他殺死的！

拉達霞　他們一塊幹的！你該死！你們兩都該死！

沙汀　嘿，簡直在做戲……伯伯爾，小心點兒！要不然，他們會害死你！

克利瓦依　我簡直莫明其妙！……哦，倒底這是怎麼一回事！

伯伯爾　拉達霞，你眞……相信……？你相信我幫她嗎？……

沙汀　看老天爺的面，拉達霞，你得想……一想！

瓦西里莎　（在過道裏）老爺，他打死了我丈夫，那小偸兒，伯伯爾——他打死了他，署長老爺……我親眼看見……大家都看見。

拉達霞　（差不多人事不知地晃蕩着）諸位！……我姊姊跟伯伯爾打死了他！警察，你聽着——是我姊姊，她叫他幹的……她挑唆……她的姘頭……就是他，該死的東西！……他打死了他！逮住他們……把他們帶去審問……把我也帶去……送我坐牢去！看基督的面……送我坐牢去！

——幕——

第四幕

佈景和第一幕的相同，只是伯伯爾的房間不見了；隔板也拆掉了。克勒斯奇從前坐的地方，鐵砧沒有了。伯伯爾以前佔據做房間的基角裏，韃靼人躺在那兒，身體搖晃着而且時時呻吟着。克勒斯奇坐在桌子傍邊，修理着一隻手風琴，而且有時試着音調。沙汀，男爵，和娜斯佳坐在桌子的那邊。放在他們面前的有一瓶伏特加，三瓶啤酒，和一大塊黑麵包。戲子在火坑上翻身和咳嗽。這是晚上；舞台中間擺着一張桌子，上面點着一盞燈。屋子外邊正括着風。

克勒斯奇　對——啦……他是在這兒鬧得一團糟的時候溜走的。

男爵　他像一溜煙似地——在警察的眼光下消散了。

沙汀　犯罪的人都這樣在正直的人面前消散！

娜斯佳　他是一個好老頭兒！……可是你們都不是人——你們只是廢料！

男爵　（喝酒）小姐，敬你一杯！

沙汀　他是一個古怪的老把戲……是的！娜斯佳愛上了他。

娜斯佳　我愛上了他……我很愛他！這是實在的！他什麼都知道……什麼都懂得。

沙汀　（笑）總而言之……在許多人面前……他好像是沒有牙齒的人吃的軟麵包。

男爵　（笑）好像貼瘡疤的膏藥。

克勒斯奇　他……有同情心……我們這夥人……壓根兒沒有同情心。

沙汀　要是我覺得你可憐的話，到底對你有什麼好處？

克勒斯奇　沙汀，你會可憐人……你不糟塌人就算好的了。

韃靼人　（坐在一張牀上，搖動他的傷痛的手好像搖動一個小孩似地。）老頭兒人好……他心裏頭有法律！誰心裏頭有法律，誰就是好人！誰沒有法律，誰就是壞蛋！

男爵　公爵，什麼法律？

韃靼人　法律……有許多種……你不是知道嗎？

男爵　說下去！

韃靼人　不糟蹋人——就是法律！

沙汀　這叫做「處罰懲戒法。」

男爵　還有「和解裁判處罰條令。」

韃靼人　可蘭經上是這麼說的……你們的可蘭經就是法律……靈魂就是可蘭經……對啦，一定是的！

克勒斯奇　（試手風琴）哦，媽的！還是咻咻地叫！公爵說得對。一個人要遵守法律，遵守福音書過活。

沙汀　你去遵守它過活得啦！

男爵　試試看！

韃靼人　謨罕默德把可蘭經留給咱們，他說：「這是法律！照着這書上面的話做！」可是，可蘭經不合用的時候是會來的……那時候會有新的法律產生……每個時代都有它自己的法律。

沙汀　當然！那個時代到了，「處罰令」就會有的……這是強有力的法律……不會很快就給廢除的！

娜斯佳　（用杯子打着桌面）爲什麼？……爲什麼我要跟你們……在這兒過活？我要走啦……我要到一個什麼地方去……到世界的盡頭去！

男爵　不穿鞋子走嗎，小姐？

娜斯佳　赤脚！我要用四條腿爬！

男爵　小姐，要是你用四條腿爬的話，那簡直是洋洋乎大觀。

娜斯佳　對啦，我要爬！我只要不看見你這付怪樣子就得啦！……哦，我什麼都討厭！所有的生活……所有的人，我都討厭！

沙汀　要是你走的話，你把戲子給帶走……他也想到那個地方去……他以為離世界盡頭只有半里路的地方，那邊有一個醫治生理的醫院……

戲子　（從火坑上伸出頭來）身——體，你這傻瓜！

沙汀　醫治中了酒毒的生理。

戲子　對啦！他會去！他會去！……你瞧着吧！

男爵　老爺，他是誰？

戲子　我！

男爵　墨西，女神的奴僕啊……你到底叫什麼名字？戲劇和悲劇的女神啊……你叫什麼名字？

戲子　繆司，你這飯桶！不是女神，是詩神！

沙汀　拉傑莎……海娜……愛佛洛荻達……阿特洛白——鬼知道她叫什麼名字！——這個責

任完全歸老頭兒負……是他說動戲子的……男爵，你明白嗎？

男爵　老頭兒是個傻瓜。

戲子　你們是亮眼瞎子！是野蠻人！是麥爾婆米勒！是沒有心肝的人！你們瞧着吧——他會走的！伯蘭格的詩裏邊，有這麼幾句：「你們這些痛苦的人呀，吃得飽點吧，」……對啦！他自己會找到那個地方……那兒什麼……什麼也沒……沒……

男爵　那兒什麼也沒有嗎，老爺？

戲子　對啦！什麼也沒有！「這個洞是我的墳墓！我就這樣無依無靠地，衰老病弱地死去！」你們為什麼活着？為什麼？

男爵　喂，你！你是皇帝，是天才，還是流浪人呢，我都不得而知，可是你別那麼大聲亂嚷！

戲子　別胡說！不亂嚷又怎樣！

娜斯佳　（從桌子上抬起頭來，揮動她的手臂。）大聲嚷吧，最好嚷得大家聽見！

男爵　小姐，這又有什麼意思？

沙汀　男爵，不要管他們！媽的！……讓他們嚷……讓他們打破腦袋！……不要管他們！這樣幹有意思！老頭兒說過「不要打攪人家」……對啦，就是這個老頭兒，這桶陳酒釀，把咱們這夥人都弄得發起酵來。

克勒斯奇　他叫人家到什麼地方去……可是他不帶路。

男爵　那老頭兒是一個騙子。

娜斯佳　別胡說！你自己才是一個騙子！

男爵　小姐，別說吧！

克勒斯奇　那個老頭兒不喜歡眞實——他不喜歡……他老是激烈地反對眞實……可是他對極啦！着呀，眞實在這兒算什麼？就是沒有眞實——咱們也可以活下去的……瞧瞧公爵吧：他爲了做活弄壞了手……他們要把那隻胳膊鋸斷——你聽見嗎？……這就是眞實！

沙汀　（用他的拳頭打桌子）不要多嘴！你們都是畜生！你們這些飯桶——不要講那老頭兒吧！（稍微輕一點兒）男爵，這羣人當中你最糟！……你什麼也不懂……只知道吹牛！那老頭兒並不是一個騙子。眞實倒底是什麼？人纔是眞實！這一層他懂得……你們可不懂得！你們這班人笨得就像磚頭一樣……我懂得那老頭兒……對啦，我懂得！他老撒謊……而他是爲了憐惜你們，你媽的！有許多人撒謊，就是爲了憐惜他們的隣人……我知道！我唸過很多書！書裏邊的謊，撒得美麗，動心，引人！……有的謊給你安慰，有的謊給你寬心……有的謊替輾斷手臂的工人訴苦……有的謊責備那些餓死的人……我懂得撒謊！如果他是一個軟弱的，靠吸取別人的血過活的人，那麼他就非撒謊不可……有人靠撒謊來支持，另外又有人靠撒謊做掩護……但是如果一個人是自己的主人……如果他是一個獨立生活而不剝削他的同胞的人，那麼他撒謊有什麼用處？撒謊是奴才和主子的宗教……眞實才是自由人的上帝。

男爵　好！你說得不錯！我贊成！你說話……就跟一個紳士似的！

沙汀　要是紳士……談起話來像賭棍，幹嗎賭棍有時候不會說漂亮話呢？對啦……我忘了許多事情，可是我還記得幾件！那老頭兒嗎？他是非常聰明的人！……他在我身上發生作用就像硫酸在一個又舊又髒的銅子兒上面發生作用一樣……咱們爲他的健康乾一杯吧！好，把杯子斟滿！

（娜斯佳倒了一杯啤酒，把它遞給沙汀。）

沙汀　（笑）那老頭兒是本着他的良心過活的……他看一切事情都有他自己的眼光。有一次我問他：「老伯伯，人爲什麼活着？」（努力模做路迦的聲音和他的姿態）「呃，我的好朋友，人都是爲了偉大的人物而活！比方說吧，有許多木匠，他們都是下等人……然而其中出了一個木匠……一個世界上從來沒有見過的這樣好的木匠；他的本事比他們大家都強，木匠之中就沒有人可以跟他比。他把自己的手藝傳給所有的木匠……於是乎他立刻使整個的工作進步二十年……不僅木匠這樣，此外的人也完全一樣……比方說，鎖匠……鞋匠和所有其他的工人……所有的農民……甚至公子少爺，他們都是爲了偉大的人物而活。每個人都以爲他爲他自己活着，其實不然，結果都是爲了偉大的人物而活！一百年……甚至更長遠的年月都是爲偉大的人物過的！」

（娜斯佳定神地凝視着沙汀的面孔，克勒斯奇停止修理手風琴，也傾聽着。男爵，垂着他的頭，用他的手指輕輕地打着桌子。戲子，從火坑上伸出頭來，預備小心地爬到一張牀舖上。）

沙汀　那老頭兒又說：「每個人，我的好朋友，每個人都爲了偉大的人物而活！所以我們應當尊重每個人……他是誰，爲什麼他要出世，他會做什麼：這是我們都不知道的……也許他生下來會把幸福帶給我們……會把很大的利益帶給我們……我們尤其應當尊重嬰孩……小孩兒！小孩兒需要自由的天地！不要阻止嬰孩的生長……尊重嬰孩！」

（稍停。）

男爵　（沉思地）嗯！對啦！爲了偉大的人物嗎？這句話使我想到我的家族……迦泰陵娜時代的老門第……貴族……武士……從法國來的移民……他們在朝廷裏服務，職位逐漸逐漸地昇高……在尼古拉一世的時候，我祖父，古斯太夫．蒂比爾……佔到很高的地位……有很大的家產……有好幾百農奴……有馬……還有廚子……

娜斯佳　你吹牛！沒有這樣的事！

男爵　（跳起）什什——麼呀？好——好……再說一遍看！

娜斯佳　沒有這樣的事！

男爵　（叫起來）在莫斯科有房子，在彼得堡也有房子！馬車……有貴族徽紋的馬車！

（克勒斯奇拿着手風琴，起身，走到房間的那邊去，在那兒他注視這個場面。）

娜斯佳　沒有！

男爵　不要響！此外……還有好幾十個用人！

娜斯佳　（有趣地）沒——有！

男爵　我要揍死你！

娜斯佳　（預備逃）沒有什麼馬車！

沙汀　算了吧，娜斯佳！別逗他了！

男爵　等着吧，你這爛貨！我祖父——

娜斯佳　沒有祖父！什麼也沒有！

（沙汀大笑。）

男爵　（氣得累了，在一條凳上坐下。）沙汀，對她說……對那隻婊子說……什麼——你也好笑嗎？難道你也不相信嗎？（他失望地叫着，用拳頭打着桌子。）眞的，你們簡直該死！

娜斯佳　（勝利地）哈哈，你也會叫起來？現在你知道一個人得不到人家相信的時候，他心裏的感想會怎麼樣？

克勒斯奇　（回到桌子前）我以爲要打一架的。

韃靼人　嘆，嘆，你們都是傻東西！很不好！

男爵　我……我可不讓人家譏笑我！我有憑據——有文件，媽的！

沙汀　把那些東西扔掉吧！忘掉你祖父的馬車吧……隨便你怎樣想，從前的馬車總是不能坐的了。

男爵　她竟敢那麼嘲笑我！

娜斯佳　你說說看！我有什麼不敢嘲笑你！

沙汀　你知道她敢笑你的。她怎麼會不如你呢？儘管你相信她從前——不用說沒有馬車，沒有祖父，就是連父母也沒有，她也不會比你低。

男爵　（平靜下去）媽的！……你……你倒知道怎麼心平氣和地說話……可是我……我就受不了。

沙汀　受不了也得受。這是有用的……（稍停）娜斯佳，你最近要到醫院裏去麼？

娜斯佳　爲什麼？

沙汀　看拉達霞。

娜斯佳　好笑！她早就出院啦……出來以後就不見了。人影兒也找不着。

沙汀　那麼——她永遠沒有下落了。

克勒斯奇　我倒想聽聽他們倆是怎樣解決的：是伯伯爾把罪往瓦西里莎身上推呢；還是瓦西里莎把罪往伯伯爾身上推？

娜斯佳　瓦西里莎會脫身的！她那個人狡猾。可是伯伯爾會給罰去做苦工的。

沙汀　打架鬧出來的人命案子，只消坐牢就行了。

娜斯佳　糟極了！罰他去做苦工倒是不錯……我巴不得把你們通通送去……做苦工……把你們掃掉，好像把垃圾掃到洞裏邊去一樣！

沙汀　（吃驚）你說什麼？難道你瘋了嗎？

男爵　你這樣胡說八道，我就要請你吃一吃耳光。

娜斯佳　你試一試！你碰碰我看！

男爵　我就來試試看！

沙汀　得了吧！別碰她……不要侮辱人家！我心裏就忘不了那個老頭兒的話！（大笑）「不要侮辱人家！」……如果被人侮辱過一次，就是一輩子的恥辱！怎麼辦？你想原諒嗎？誰都辦不到。

男爵　（對娜斯佳）你要知道，我不像你！你是賤貨！

娜斯佳　哦，你這可憐的傻瓜！你……你靠我過活，就好像毛毛虫兒靠蘋果過活一樣！

（男人們一致笑起來。）

克勒斯奇　哦！傻瓜！小蘋果！

男爵　要氣也氣不了……她是一個白癡！

娜斯佳　你好笑嗎？吹牛！有什麼好笑的呢！

戲子　（陰鬱地）揍他們一頓吧！

娜斯佳　要是我……辦得到的話……我就要把你們，（從桌上拿起一隻杯子，把它摔在地上。）這樣！

韃靼人　幹嗎把杯子摳碎？呃，呃……傻丫頭！

男爵　（起身）不，讓我來教訓教訓她！

娜斯佳　（跑開）你們這班死鬼！

沙汀　（跟在她後面叫）喂！夠啦！你在嚇唬誰？倒底怎麼啦？

娜斯佳　你們這些狠！希望你們死光！你們這些狠！

戲子　（陰鬱地）亞們！

韃靼人　喔，喔，喔！俄國女人都是壞蛋！她們強得叫人沒有辦法！韃靼女人，不是這樣的！韃靼女人知道法律！

克勒斯奇　應當叫她吃一頓鞭子。

男爵　可惡的女人！

克勒斯奇　（試手風琴）可以奏啦！可是物主還沒有回來……那小傢伙又喝醉啦。

沙汀　現在喝酒吧！

克勒斯奇　謝謝！要睡覺了。

沙汀　你跟咱們過得慣嗎？

克勒斯奇　（乾杯以後，走近基角裏的一張牀。）還好……到處的人都是一樣的……起初你不明白……以後，你仔細看一看，就會知道：所有的人……都不是壞人！

（韃靼人把一兩件東西鋪在牀上，跪下，開始禱告。）

男爵　（叫沙汀看韃靼人）瞧！

沙汀　讓他去！他是一個好人……別打攪他！（大笑）我今兒變得挺和氣……鬼知道爲什麼！

男爵　你喝了酒的時候，老是挺和氣的……而且是挺聰明的！

沙汀　我喝了酒的時候……我什麼都喜歡……對啦，我是這樣的……他在祈禱嗎？好！一個人可以有信仰或是沒有信仰——這是他的事！他有自由……他自己對一切的事情負責：對信仰，對沒有信仰，對愛情，對智慧。人對一切的事情負責，所以他有自由！……人——就是眞實！人是什麼？……不是你，也不是我，也不是他們——不是的！人是你，是我，是他們，是老頭兒，是拿破崙，是謨罕默德……大家結合成一個人！（用手指在空中劃一個人的輪廓）你明白嗎？人是巨大的東西！他身上有一切的開始和一切的終結……一切都在人的身上，一切都爲了人！世界上只有人；此外的一切都是他的手和頭腦創造出來的！人——啊！多偉麗的名詞！這個字有驕傲的聲音！人——啊！咱們要尊敬人！不是憐惜他……不是用憐惜去看低他……咱們要尊敬他！男爵，咱們喝一杯來祝福人的健康吧！（站起）覺得自己是一個人的時候多快活！我是一個常習犯，一個殺人犯，一個騙子：哦，對啦！我在街上走過的時候，他們看我，就好像看一個無賴似的……他們避開我，又要回頭看我……他們老是對我這麼說：「壞蛋！騙子！幹活去！」幹活嗎？爲什麼？爲了一頓飽飯嗎？（大笑）我一直瞧不起的，就是那些只顧要吃得飽飽的人。男爵，不是這麼一回事！人不是這麼一回事！人更崇高！人比吃飽的肚子更崇高！

男爵　（搖搖他的頭）你很會講道理……這是好的……這麼一來心也給弄得溫暖起來……我辦不到……我不知道怎麼樣！（回頭看而且輕輕地，小心地說）朋友，我常常很害怕。你明白嗎？我就膽怯……因爲——我想以後怎麼樣呢？

沙汀　（踱着步）瞎說！人有什麼可怕的？

男爵　我告訴你吧：從我能記得的時候起……我腦袋裏邊老是充滿了一種煙霧。我簡直什麼也不明白。我覺得……有一種奇怪的心理……好像我這一輩子只是換衣服……可是我不知道這是爲什麼？我上學的時候，穿着貴族學校的制服……可是我却不記得學到了些什麼？……我結婚了；穿上了燕尾服，然後又穿便服……可是我的老婆是一個怪討厭的女人——我又不知道爲什麼？……我把家財都浪費掉了——變得身上只好穿着一件褪色的大褂兒，和棕黃色的褲子……至於我是怎麼樣破產的？我向來就沒有注意到……以後我在財政部做事……穿着一身制服，帶着一頂有帽章的帽子……我侵吞了公款……那麼他們就把犯人的衣服給我穿……弄到末了就穿上現在這副行頭……好像是一個夢似的……怎麼樣？眞好笑。

沙汀　不大好笑……我覺得多蠢啊。

男爵　對啦……我自己也覺得蠢……可是……我想，我一定有什麼目的才出世的吧？

沙汀　（笑）大概是的……「人是爲了偉大的人物而生的！」（點他的頭）這想頭很不錯！

男爵　那個……小丫頭娜斯佳！……她逃到……那兒去了呢？我去看看……她在那兒。她到底……（出去）

（稍停）

戲子　喂，韃靼人！（稍停）公爵！

（韃靼人掉過頭來。）

戲子　你替我……禱告一下！

韃靼人　什麼？

戲子　（聲音放低）你替我禱告一下！

韃靼人　（稍停）你自己禱告好啦！

戲子　（從火坑上趕緊爬下來，走近桌子，用戰慄着的手倒伏特加；喝乾了，然後差不多向大門跑去。）

我走啦！

沙汀　喂，洋盤！你上那兒去？

（他吹口哨。梅得魏多夫，穿着一件女人的棉襖，同卜布諸夫一同登場；兩個人都有點兒喝醉了。卜布諸夫一隻手拿着一串臉餅，另外一隻手拿着幾條燻魚，他的脇下挾着一瓶伏特加，他的口袋裏另外還有一瓶。）

梅得魏多夫　駱駝……是驢子的一種！只是沒有耳朵。

卜布諾夫　得了吧！你自己才是驢子的一種呢。

梅得魏多夫　駱駝壓根兒沒有耳朵……它是用鼻子聽的。

卜布諾夫　（對沙汀）老朋友，我在所有的酒店跟飯館裏找遍了你！拿一瓶酒吧，好不好？我兩隻手全沒有空！

沙汀　只要把脆餅擱到桌上去，你就有一隻手好空。

卜布諾夫　不錯！哦，你……警察老爺，瞧瞧！他怎麼樣？眞是聰明的傢伙！

梅得魏多夫　壞蛋全是聰明的……我知道！他們沒有聰明就不成。好人就是蠢還是好的，可是壞人非有聰明不可……至於說到駱駝，你可錯啦……它是給人騎的動物……它沒有角……也沒有牙齒。

卜布諾夫　都上那兒去了？幹嗎這兒沒有人？喂，你們出來呀……我來請你們的客！在那個基角裏面的是誰？

沙汀　你要一下子把什麼都給喝光嗎？稻草人！

卜布諾夫　我要很快把它喝光！這次我積下了一點兒資本——不過一點兒……克利瓦依！克利瓦依呢？

克勒斯奇 （走近桌子）他不在這兒。

卜布諾夫 喔喔喔喔——嘓嘓嘓！嘓嘓嘓，嘓嘓嘓，噢噢噢！小火鷄！不要吠，不要啼！喝酒，作樂，昂起你的腦袋！……我請大家的客！我喜歡請客，朋友！要是我變了個富翁的話，我要開一家……不要錢的飯店！一定的！有樂隊還有合唱隊……來吃來喝來聽音樂……你們都來開心！你們這班窮鬼啊，都來……到我這個不要錢的飯店裏來！沙汀！我要……把一半我的資本給你！怎麼樣！闊氣麼！

沙汀 現在，把你所有的資本通通給我！

卜布諾夫 所有我的資本？現在就給嗎？囉！有一塊……還有一塊……還有二十個分頭……銀毫子……銅子兒……全在這兒！

沙汀 好極啦！放在我這兒很穩當……我好拿去做賭本。

梅得魏多夫 我做見證人……你把錢存在他那兒……總數是多少？

卜布諾夫 你？你是一隻駱駝……咱們用不着見證人。

阿略西卡 （赤着脚登場）我說，朋友們，我的脚給弄濕啦！

卜布諾夫 順便來把你的喉嚨弄一弄濕吧……你正用得着！你是一個好小夥子……你會彈

琴，會唱歌兒……好得很！可是——你喝酒！這是很不好的——我的朋友，這是有害的……喝酒是有害的！

阿略西卡　你自己怎麼樣！你只有喝醉了的時候，才像一個人哪……克勒斯奇，你把我的手風琴修好了沒有？（他唱歌，合着唱歌的拍子跳舞。）

哦，要是我的面孔

沒有這麼美妙，

那麼我的相好

就會把我拋掉。

老兄，我凍死啦！天氣眞冷！

梅得維多夫　哼！……我可以問一問，你的相好到底是誰嗎？

卜布諾夫　隨他去！老朋友，現在你可以放平靜點兒！你已不當警察啦……差事掉啦！你既不是警察，也又不是叔叔。

阿略西卡　你不過是嬸娘的老公罷了。

卜布諾夫　你的兩個姪女，一個在坐牢，另外一個快要死了。

梅得魏多夫　（驕傲地）你胡說！她並沒有快要死；不過行蹤不明罷了。

（沙汀哄笑。）

卜布諾夫　老兄，這還是一個樣兒！沒有姪女就做不成叔叔呀！

阿略西卡　罷職的牧童老爺！

我的相好有的是錢，

我可沒有一個子兒放在身邊；

你瞧我是多麼快活。

快活得簡直賽過神仙。

眞冷！

（克利瓦依登場；隨後，到這幕戲完結爲止，有幾個男女陸陸續續地登場。他們脫去他們的衣服，在牀上躺下，呻吟着。）

克利瓦依　卜布諾夫，幹嗎你要逃回來呢？

卜布諾夫　這兒來！坐下！老兄，咱們唱一個歌兒！唱一個我最喜歡的歌兒，好不好？……

韃靼人　晚上是睡覺的時候！要唱白天唱！

沙汀　沒有關係，公爵！你到這兒來！

韃靼人　怎麼會沒有關係？……唱歌的時候多吵鬧，一定會吵得打架的！

卜布諾夫　（走近他）公爵，你的胳膊怎麼樣啦？他們把你的胳膊割掉了沒有？

韃靼人　爲什麼？還得等一等……也許用不着割……手又不是鐵，可以隨便割的。

克利瓦依　阿三，你弄到這樣糟的一個地步！沒有胳膊你就完蛋了！他們看重咱們這夥人，就靠咱們有一雙手，一副肩膀……要是沒有手的話，那就算不了人！阿三，你完蛋了！來喝一杯吧……你也不用愁愁悶悶的！

克瓦西尼亞　（登場）呀，你們大家都在這兒！外邊風括得眞冷，又是雪又是雨……我的警察在這兒嗎？警察老爺！

梅得魏多夫　在這兒！

克瓦西尼亞　你又把我的棉襖穿上了嗎？你好像又喝了不少的酒，嗄？你幹嗎要這樣？

梅得魏多夫　因爲今兒是卜布諾夫命名的日子……加上天氣冷……又下……

克瓦西尼亞　瞧瞧我，下，下什麼呢！別再鬧着玩兒！——睡覺去！

梅得魏多夫　（向廚房走去）睡覺就睡覺……我也有點累了……正是時候啦！

沙汀　你怎麼啦？你對他眞厲害！

克瓦西尼亞　朋友，沒有別的辦法。你對這樣的人就不能不厲害。我所以要找他跟我一塊住，因爲他是一個軍人，我以爲他可以做我一個幫手……你們這班人都是一羣壞蛋……我只是一個婦道人家……可是他老跟人家去喝酒！這麼着，壓根兒不能幫我的忙兒！

沙汀　你找幫手找錯了人。

克瓦西尼亞　不，還不壞……你就別想跟我一塊住……你才不是這樣的人！要是你跟我在一塊住，也許一個禮拜也過不了……你會把我這一身的肉全給輸光！

沙汀　（哄笑）對啦，寶貝呀！我會把你輸光的。

克瓦西尼亞　那就是了！——阿略西卡！

阿略西卡　我在這兒！

克瓦西尼亞　你又在造我的謠言嗎？

阿略西卡　我？我從來不說謊！我看見什麼就說什麼。我說，「有一個女人，眞了不起！又壯，又有肉，又有骨頭——有兩百磅重；可是腦子——不到半兩重！」

克瓦西尼亞　哦，你又胡說！我有一個很好的腦子……可是……幹嗎你說我打我的男人？

阿略西卡　你拖住他的頭髮的時候，我就以爲你打他呢。

克瓦西尼亞　（笑）傻東西！你明明知道我沒打他，幹嗎你要把家裏的醜事對外人去說呢？……他聽了你的話難過，所以他去喝酒。

阿略西卡　人家說得好，就是母鷄也要喝點兒水！

（沙汀和阿略西卡哄笑。）

克瓦西尼亞　咄，你這個刻薄鬼！阿略西卡，你到底是怎麼樣一種人？

阿略西卡　世界上最上等的人！什麼都會做！我眼快手快，什麼都會！

卜布諾夫　（靠近韃靼人的牀邊站着）喂！無論如何，咱們也不讓你睡！咱們唱歌兒……唱一個整夜！克利瓦依！

克利瓦依　唱歌兒？行。

阿略西卡　我來給你們奏琴！

沙汀　那末，咱們就算聽客！

韃靼人　（微笑着）好吧，媽的，卜布諾夫，……拿酒來！咱們喝酒，咱們取樂；等到死來了——咱們就死！

卜布諾夫　沙汀，給他倒一杯！克利瓦依，坐下來！呃，弟兄們！一個人用不着多要什麼！有酒喝——就有快活！克利瓦依！……唱歌兒……。唱我喜歡的那隻曲子！我要唱歌兒……我還要哭！

克利瓦依　（唱歌）

太陽出來又落下——

卜布諾夫　（合唱）

牢獄永遠是黑暗的。

（門很快地打開了。）

男爵　（站在門檻上，大聲嚷着。）喂！……你們來呀……快來呀！在那邊……空地上……戲子吊頸死啦！

（沉默。大家都望到男爵。娜斯佳從男爵後面出現，帶着張大着的，凝視的眼睛，慢慢地走近桌子。）

沙汀　（低聲）咄！……他弄得咱們連歌兒也唱不成了……傻瓜！

——幕——

關於高爾基和他的戲曲

作爲高爾基的代表戲曲的那有名的下層（一九〇二年）正是作者全盛時代的作品；它在他的文學生涯中可以做一個劃時期的這個事實，是一切批評家們差不多一致公認的。在下層以前，高爾基的作品，不論小說和戲曲，都具有雄偉的力量，對自由的個性，表示讚美，單有羅曼諦克的價值。不然，那它們只是像吉訶德先生似的，那樣半神話的熱烈的想像力的產物，僅有詩的價值而已。可是，到了下層，在他作品的要點上，思想的傾向上，取材的範圍上以及戲劇的形式上，和他從來的作品，大爲兩樣。比方說，在下層以前，高爾基寫過一個以小市民爲題名的劇本。這是一個以完全否定小市民的幸福和生活爲目的而寫的劇本；在這個劇本裏面，對於小資產階級社會的窮困的生活，却被寫得充滿着雄偉，剛強，勇猛的氣概。可是，這個劇本只不過給了柴霍甫的劇本幾分影響，此外，對於思想的要求，從社會方面說，是沒有什麼反響的。在下層以後，高爾基才達到他的創作生活的第二期，他主要的寫作是劇本；在別莊的人們，野蠻人，太陽的孩子們，仇敵等劇作中，他描寫着商人和知識階級的無聊的，卑劣的，毫無用處的和下賤的生活，可是在這些劇本裏面，因為他模倣柴霍甫的作風，致使他受到極大的妨害。柴霍甫的作風，只宜於描寫某種停滯的生活；要把高爾基所處理的人物和題材，嵌到柴霍甫所描寫的，那種被動而缺少活動的形式中去，這是很困難的。

可是，在下層裏面，作者已停止描寫小市民和知識階級的生活，而完全傾向於下層社會的研究，站在社會道德的見地，澈頭澈尾地針對現實着筆。在這一點上，下層可以被認作純粹的社會劇；它那巨大的社會價值，只要從莫斯科的藝術劇場，在幾年間，重演幾百次的這個事實看來，就可以證實的了。高爾基的創作中所包含的這樣的變遷，是直接從他那社會的，以致哲學的人生觀的變遷發展來的，這是不用說的。曾經是個人主義和尼采主義的代表者的高爾基，現在完全移到社會道德的見地，轉而和基督教接近；可是，下層，在那根本觀念上，是顯示了這個思想上的過渡期的東西。個人主義和社會道德的衝突，尼采主義和基督教主義的鬭爭，確實是這個劇本中的主要的骨幹；照這樣看法，才有戲劇的意義，價值和趣味。如果就這個劇本中的人物說，個人主義和尼采主義的代表者可以說是流浪者沙汀；社會道德和基督教的代表者，便是那巡禮的老人路迦。當然，貫澈全劇的正直的動機，到處都有個性的意識，然而，它是一種和理想的憧憬之情相連繫着的，這倒是我們所不能輕易看過的。

從體裁說，下層是屬於近代的挪威劇或是西歐的寫實劇，尤其像其中的霍普特曼的職工。第一，這兩個劇本都沒有主人公。也沒有古典意義上的典型。在它們裏面出現的人物都是羣衆，不過主要的人物寫得比較明確罷了。因此，它們有一個共同的步調，沒有極大的變化，在舞台上出現的人物的行動，都被一個主要的傾向所支配。至於講到編劇的技巧，下層是可以歸入於近代劇作家們所謂寫實劇的東西。浪漫派的劇作家所喜歡用的獨白，在它裏面是找不到的。可是，照托爾斯泰的批評，高爾基的戲劇是不能稱爲戲劇的。如果從戲劇方面說，下層裏面，既沒有發端，也沒有衝突，也沒有大團圓。它的結構沒有實現一幕比一幕，更有力量而不絕地發展下去的戲劇意匠。在下層裏出現的人物，除了路迦老人以外，都是從第一幕到第四幕一直安排在劇情裏的，可是，無論第三幕，或是第四幕，都好像可以做它的結局，全體的意匠並不是始終一貫的。這樣的戲劇，往往一幕二幕就有終結的意味，和別幕沒有事件上的連絡。當然也沒有貫通全篇的線索。只不過爲同樣的傾向，同樣的雰圍所支配而已。因此，上演起來，我們不僅可以幕幕分開，或演二幕或三幕，就是把序幕和最後的一幕同時刪除，也未始不可。

劇中的人物都是處於悲慘的境遇，意志銷沉的人。雖然對他們深表同情的作者，也沒有像從前那樣使他們理想化，而我們却在這些精神的殘廢者裏面，看出一脈人間的溫情和微弱的神經的痕跡，可是那泥沼似的陰慘的境遇，把他們投到嗟怨，痛恨，憤激，兇惡，愚鈍，自殺的深淵中，差不多完全沒有救濟的希望。他們不像陀斯托也夫斯基在死人之家中所描寫的罪人。他們是一羣已經沒有希望和光明，而只是在悲慘的回憶中苦痛的，過去了的人。可是，他們決不乞求人們的同情。他們蔑視工作；他們更不相信工作的恩惠。他們一面暢談人生的意義，有時接觸人生問題的根底，一面還暗示着那貫穿人類歷史的一個偉大的運動。同時，他們是現存社會制度的敵人。可是，除了這樣反抗的意志以外，在他們的心底的深處，他們藏着不斷地對於某種積極的理想所懷的憧憬的煩悶——儘管這個理想是一個美麗的幻影。路迦老人出乎意料地在一個小公寓裏和那些人相遇，他使那些作爲社會上的犧牲者，沉淪於黑暗下層的人們的心胸感到振蕩，而且，這些精神的死亡者，都被路迦老人叫喚到更新復活的路途上去。可是，路迦老人並不能夠積極地使任何人復活。在這個人世間的可怕的地獄裏，路迦這樣篤信謙卑的老人之出現，反而間接地促成了住在那兒的那個憂鬱的戲子的自殺。總之，在罪惡界裏的這個不幸的天才的汚濁的心，怕是受不了和路迦老人的那顆公平的心相接觸吧。要之，那許多寄居的寓公們，都對他的來臨和教訓表示不滿。他們反而不要在他們自己所住的公寓裏，會有精神的教化降臨。他們在路迦走了以後，曾發出這樣的怨言：「他把大家引誘到不知道什麽地方去，他自個兒也沒有把目的地說出來……」然而，不久他們大大地掘深出埋他們自己的那現世的墳墓，深深地感到始終沒有出頭的機會。

路迦老人不一定是高爾基的作品中的獨特的典型。在俄羅斯的文學中，他是一個有長久歷史的所謂俄羅斯風的殉道者。涅克拉梭夫的魏拉斯中的主人公，陀斯托也夫斯基的卡拉瑪佐夫兄弟中的佐希瑪，還有托爾斯泰的黑暗之勢力中的阿其孟，都和路迦似地屬於同一個典型的殉道者；這是國民性的擁護者的俄羅斯文學家們所喜歡描寫的純俄羅斯風的典型。作爲這種殉道者的根本性格的最顯著的是：對罪惡的消極的態度。這就是說，不論到什麽地步，對罪惡沒有反抗的意志，儘量的避開罪惡的傾向。然後，對同胞的愛的宣傳，謙遜，服從命運，對神的無我愛，以及對道義生活的希求就是他所着重的性格。在路迦老人的身上，在加上通過一切殉道者的那一般的性格上，幾分異端的人生觀和個人的性質結合起合。

可是，路迦老人並不能把積極的效果，給與那公寓中的任何人，在這一點上，路迦的任務遠不及黑暗之勢力中的阿其孟的任務。阿其孟使犯罪的尼琪太那痲痺的良心覺醒，使他用公開懺悔的方法，把他的良心淨化而感到覺悟。他這樣地在作品中向倫理觀念的勝利着力，這些地方路迦和阿其孟是不同的。阿其孟是一個固執的道德家　。他固守旣成的道德而不動搖；而且他把這個道德律印在一切的東西上。他不問接觸他的每個人的個性怎樣，而直接強制他的道德力的實行。然而路迦沒有這樣固定的道德律。他像老練的醫生那樣，因情形，因對手而開適當的藥方。他不教人，而一味治人。從這樣的見地出發，他甚至有時候打擊眞實。路迦曾這麽說：「眞實並不是治人的萬靈藥……你不能夠老是用眞實去替一個靈魂治病……」他是一個施催眠術的人。

在這個劇本的第二幕和第四幕裏出現的歌曲，據說是採用在伏爾迦地方歌唱飛鳥的民謠的曲譜，而經作者重新配上歌詞的，而那沉痛悲愴的旋律，又成爲加強這個劇本的基調的厭世的氣雰的要素。

中華民國三十三年二月出版

俄國名劇叢刊
下層

實價國幣七十元
外加運費匯費

原著者　高爾基
譯者　芳信
發行人　陸高誼
出版者　世界書局
發行所　世界書局

版權所有
不准翻印